L'agenda

Du même auteur, dans la même collection :

**Amies sans frontières
Les chevaux n'ont pas d'ombre
Un chien contre les loups**

En grand format :

La prophétie des oiseaux
Horizon blanc
Sur les ailes du vent

Hélène Montardre
Illustrations de Sophie Ledesma

L'agenda

RAGEOT

ISBN 978-2-7002-3220-2
ISSN 1951-5758

© RAGEOT-ÉDITEUR – PARIS, 2006.
Tous droits de reproduction, de traduction et d'adaptation réservés pour tous pays. Loi n° 49-956 du 16-07-1949 sur les publications destinées à la jeunesse.

*À Élodie,
et à Mathilde.
À Elsa,
et à Pauline, Emma, Caroline, Laeti, Flo,
Clara, Constance, et Lorenzo, Bruno…
À toutes celles et à tous ceux qui ont laissé
leur trace dans un agenda.*

Tout a commencé le jeudi 24 février.

Bruchet était absent et évidemment, comme nous avions cours d'histoire après lui, impossible de quitter le collège. Certains sont allés en étude. Moi, je n'en avais pas très envie. J'ai dit que j'avais un exposé à préparer pour le cours de géographie car dans ce cas, on a le droit d'aller au CDI. Et ça a marché.

Bruchet, c'est le prof de maths. Il devait avoir un ennui grave ce jour-là, car il ne manque jamais. C'est pour cette raison que nous étions un peu déstabilisés et vraiment, personne n'avait envie de passer une heure à bosser, que ce soit sur les maths ou sur autre chose. Ce moment de liberté imprévu qui nous tombait dessus avait un parfum de vacances dont il fallait profiter avant qu'il ne s'évapore.

Il y a un endroit que j'aime bien au CDI, c'est la pièce consacrée aux revues. Elle est au bout de la salle principale, il faut emprunter un couloir très court pour s'y rendre et cela suffit à l'isoler du reste. Il y a de grandes fenêtres qui donnent sur la cour, quelques fauteuils autour d'une table basse, deux bureaux avec leurs chaises et des revues, bien sûr, classées par thèmes et disposées sur des présentoirs et dans des casiers. Ici, on n'a pas l'impression d'être au collège, mais plutôt dans un salon, peut-être à cause de la table basse sur laquelle il y a souvent deux ou trois magazines qui traînent.

J'avais posé mes affaires dans la salle principale, emprunté un livre de géographie au hasard et commencé à le feuilleter sans le regarder. Je m'ennuyais ferme et j'avais l'impression que cette heure ne finirait jamais. J'en venais presque à regretter Bruchet.

Pour occuper le temps, je me suis levé, j'ai pris un classeur et un stylo, et je suis parti nonchalamment vers la pièce des revues, prétextant une recherche à y faire. J'ai franchi le couloir et j'ai eu aussitôt l'impression de me retrouver ailleurs. Le soleil illuminait le sol et la salle était vide. J'étais le seul occupant des lieux et j'ai eu l'impression que cet endroit n'avait été conçu que pour moi.

J'ai avancé de quelques pas. C'est drôle comme aujourd'hui je me souviens de cet instant, un peu comme s'il s'agissait d'un film dont les images se seraient imprimées dans mon cerveau. Mais ce n'était pas un film, juste moi, Jérémie, douze ans presque treize, élève de cinquième B au collège Albert-Camus et, quand je repense à ce moment, c'est bien moi que je vois, c'est le bruit de mes pas sur le sol que j'entends, et je ressens à nouveau ce délicieux sentiment de solitude que j'ai alors éprouvé.

C'est si rare d'être seul au collège ; d'être seul et d'être bien.

Il était posé sur la table. D'abord j'ai cru qu'il s'agissait d'un livre et je me suis dit : « Tiens, un livre dans la salle des revues, ça va pas, ça... ». Mais j'ai vite compris qu'il ne s'agissait pas d'un livre. C'était un agenda. Un agenda comme nous en avons tous. On les achète en début d'année, soi-disant pour marquer les leçons et les devoirs. En fait, ils se remplissent avec autre chose : les photos qu'on y colle, les messages ou les dessins que les uns et les autres y griffonnent, nos humeurs et nos coups de colère, nos envies de rire...

L'agenda était épais. Très épais. Son ou sa propriétaire avait dû y ajouter plein de trucs.

Il était couvert d'un papier vert sombre rehaussé d'un liseré doré très fin qui faisait le tour de la couverture à un centimètre du bord environ. Élégant.

Il n'y avait que lui sur la table, posé un peu de travers, comme si c'était sa place. Ce qui était impossible, bien sûr ! Personne ne laisse traîner son agenda. Je me suis approché, j'ai tendu la main. J'ai jeté un rapide coup d'œil autour de moi : j'étais seul. Il valait mieux ! J'aurais été drôlement embêté d'être surpris en train de faire ce que je faisais !

Je l'ai ouvert au hasard.

Pfuiiiiii ! Ça alors ! C'était plein, mais alors vraiment plein ! Il y en avait partout et dans tous les sens. Des messages à l'encre bleue, rouge, verte... Des cœurs, des fleurs, une guirlande dessinée pour enrubanner l'ensemble, des étiquettes qui avaient été rajoutées, ornées de mille motifs colorés... Un vrai fouillis !

« Ça, c'est à une fille ! »

C'est la première chose qui m'est venue à l'esprit.

Et la deuxième : « À qui il est ? »

À cet instant, j'ai entendu du bruit. Quelqu'un venait ! D'un geste vif, j'ai refermé l'agenda et, sans trop savoir pourquoi, du même mouvement j'ai posé mon classeur par-dessus. Je crois que j'avais honte. Je ne savais pas qui arrivait, mais je ne voulais pas que l'on me surprenne en train de regarder les affaires d'un autre.

C'est vrai, j'aurais pu rigoler, interpeller l'arrivant : « Tiens, tu as vu, quelqu'un a oublié son agenda. C'est qui à ton avis ? C'est marrant, il est plein à craquer ! Attends, il y a peut-être un mot pour toi là-dedans... ». On se serait penchés sur les pages ensemble, on se serait marrés, l'heure aurait passé à toute allure et rien ne serait arrivé...

Au lieu de ça, je me suis adossé à la table pour masquer ce qu'il y avait dessus et voir qui allait entrer.

C'était une fille, une quatrième que je connaissais de vue. Quand elle s'est aperçue que la salle était occupée, elle a marqué un temps d'arrêt. Elle avait sûrement envie d'être seule elle aussi.

J'ai dit, un peu bêtement :
– J'ai fini...

J'ai fait glisser agenda et classeur vers moi, de façon à ce que l'agenda se retrouve collé contre ma hanche et reste bien dissimulé derrière mon classeur.

Elle a dit :
– Il y a de la place.

J'ai répété :
– J'ai fini.

Je me suis dirigé en hâte vers la porte. J'avais le sentiment d'avoir commis un vol et je me disais que cette fille allait s'en apercevoir, qu'elle allait m'arrêter, genre : « Eh, dis donc ! C'est quoi ce truc que tu essaies de planquer derrière ton classeur ? Tu crois que je ne l'ai pas vu ton petit manège ? »

Eh bien non. J'ai réussi à franchir les quelques pas qui me séparaient de la sortie d'un air aussi dégagé que possible et sans laisser tomber l'agenda à la couverture vert et or, ce qui est tout de même un exploit !

Je sentais les yeux de la fille fixés sur ma nuque. Elle devait me trouver un peu bizarre, mais je me fichais de ce qu'elle pensait.

Quand je suis entré dans la salle principale du CDI, mes oreilles bourdonnaient et ma nuque brûlait.

J'ai regagné ma table près des livres de géographie, j'ai fait celui qui range son classeur dans son sac et, en même temps, j'ai laissé glisser l'agenda au fond.

Ouf ! Personne ne m'avait vu. D'un coup, je me suis senti mieux.

J'ai attendu le soir, moment où je suis seul dans ma chambre et bien tranquille, pour sortir l'agenda de mon sac. Je sais, c'est un peu idiot. Chez moi, ils ne sont pas vraiment du genre à espionner mes moindres mouvements et j'aurais pu le feuilleter direct en rentrant du collège.

Je n'en avais pas envie. Pas envie de répondre à une éventuelle question, même posée distraitement : « Tiens, c'est quoi, ce truc ? ». Pas envie de risquer une remarque : « Rien de plus utile à faire ? ». Comme s'ils connaissaient mieux que moi mon emploi du temps...

Alors, j'ai attendu que le dîner soit terminé, la cuisine rangée, et que chacun ait trouvé le rythme de sa soirée : ma sœur enfermée dans sa chambre, « à bûcher » comme elle dit, mon père devant la télé ou l'ordinateur ou à bouquiner au salon... Je ne leur ai pas vraiment prêté attention. J'ai lancé un « Bonsoir ! » et je me suis retiré dans ma chambre.

Il faisait nuit déjà. J'aime ma chambre. Elle est sous les toits, avec un plafond rampant en lambris peint en blanc et une fenêtre, plus haute que large, qui donne sur l'arrière. Quand les volets sont fermés et les rideaux tirés, quand ma lampe est allumée avec son halo jaune qui éclaire les murs, je me sens bien : chez moi.

Je me suis installé à mon bureau comme si j'allais travailler, j'ai sorti mon classeur de géographie et je l'ai ouvert, je ne sais pas pourquoi. Puis j'ai pris l'agenda et je l'ai posé sur le classeur ouvert. J'ai retourné la couverture. Au revers, une photo était collée. Elle représentait un chaton gris moucheté de brun, ses oreilles pointues dressées vers l'avant, observant d'un air curieux des marguerites plus grandes que lui.

« Comme il est moooognooooon ! » aurait dit ma sœur Lucie qui a tendance à devenir complètement idiote dès qu'elle voit un animal.

Après venaient les pages habituelles : le calendrier, la carte de France avec les zones et les vacances et enfin... la fiche d'identité ! J'allais tout savoir : le nom de la propriétaire du carnet (j'étais certain qu'il s'agissait d'une fille), son adresse, sa date de naissance, le numéro de sa carte d'identité ou de son passeport avec le lieu et la date de délivrance, et même les personnes à prévenir en cas d'urgence !

J'ai tourné la page et là, surprise !

Waoouuh ! Les rubriques étaient complétées, du moins certaines... mais de façon totalement fantaisiste.

Nom : *inconnu*
Prénom : *non identifié*
Adresse : *quelque part dans le brouillard*
Établissement fréquenté : *ailleurs sous la pluie*

Carte d'identité, groupe sanguin, rien n'avait été rempli. Ça reprenait à :

En cas d'urgence, prévenir : *le fou du 2ᵉ étage, 3ᵉ porte à gauche*
Téléphone : *débranché*

Ça par exemple. Quel humour! Bon, d'accord, un peu noir...

J'ai contemplé la feuille sans y croire. C'est vrai, on est tous pareils ! Pour chaque agenda neuf, l'une des premières choses que l'on fait est de remplir la page Identité. Mais comme il faut, pas n'importe comment! Après, on est sûr; cet agenda-là, il est perso, rien qu'à soi. La preuve : on y a reporté les informations qui nous identifient.

Et celui-ci ne portait que des mentions fantaisistes... comme s'il n'appartenait à personne. J'étais déçu et vaguement en colère.

Déçu car j'avais cru pouvoir lire le contenu en sachant à qui j'avais affaire ! Je m'étais déjà imaginé le lendemain, au collège, en train de distiller des remarques à la propriétaire. Elle m'aurait supplié de lui rendre son agenda et moi je me serais fait prier. Elle m'aurait demandé avec inquiétude ce que j'en avais lu… Il y avait certainement des choses confidentielles, à ne pas mettre sous tous les yeux… comme dans tous les agendas. Et bien sûr, je ne le lui aurais pas dit.

En colère, parce que je me sentais floué. Un agenda sans le nom de son propriétaire, ça ne se fait pas. Comment j'allais faire, moi, maintenant, pour savoir ?

La page Emploi du temps m'en dirait peut-être plus ? Au moins sur la classe que fréquentait cette fille ?

Non. La page Emploi du temps était vide. Complètement vide. À se demander pourquoi les fabricants d'agendas se fatiguent à prévoir ce type de tableau.

Je l'ai alors feuilleté au hasard. La plupart des pages étaient remplies, du moins jusqu'à aujourd'hui. Après, c'était clairsemé. On y avait collé des photos de stars découpées dans des journaux, recopié des poèmes et des citations, et puis il y avait des tonnes de messages… Aucun doute, la fille à qui appartenait cet agenda était très populaire et avait beaucoup d'amis. Le nombre d'écritures différentes et de signatures était là pour en témoigner : Pauline, Emma, Caroline, Laeti (pour Laetitia ?), Flo (Florence ?), Bruno (tiens, un garçon !), Clara (une Clara au collège ? Ça ne me dit rien), Lorenzo (encore un garçon ? En tout cas, ça c'est un pseudo, sûr et certain), M.F.G. (les initiales de qui ?), Constance (ah, elle, je crois que je sais qui c'est !), Zazou (pfouuuuu… si en plus elles se donnent des surnoms !), Betty (une Anglaise ????).

J'ai lu quelques lignes, les citations surtout ou les phrases isolées :

J'ai tout, sauf toi

J'ai rêvé que la mer brûlait

Demain, c'est les vacances !

Aujourd'hui, t'as du bol…

Je suis revenu au début et j'ai parcouru à nouveau les pages. J'avais envie de tout lire d'un coup, de tout savoir… Impossible, il y en avait trop.

J'ai soupiré et je me suis demandé pourquoi j'avais eu l'idée saugrenue d'emporter ce truc. Qu'est-ce que j'allais en faire ? Je l'ai refermé et je l'ai glissé dans le tiroir de mon bureau. Il était tard déjà ; il n'y avait plus qu'à aller se coucher.

Au moment de m'endormir, j'avais dans la tête une image ; une carte postale collée sur une page de l'agenda vert. Titi (le Titi de Titi et Grosminet) coiffé d'une casquette bleue portant la mention « Génie », fier de lui, les mains sur les hanches, le regard malicieux. La légende disait : « Tu es unique... et tu le fais exprès ! »

Impossible de me débarrasser de cette image ! Allez donc savoir pourquoi. Je me suis endormi avec.

Le lendemain, en arrivant au collège, j'ai commencé à dévisager toutes les filles que je croisais. C'était plus fort que moi. Et je n'étais sûrement pas discret car Benoît m'a dit :

– Mais qu'est-ce que tu as aujourd'hui à mater les filles comme ça ? Tu es en manque ou quoi ?

J'ai grogné une réponse inintelligible et essayé de me faire moins remarquer. Difficile. Dès qu'une fille arrivait, je scrutais son visage comme si j'allais soudain y trouver une inscription du genre : « Il est à moi, l'agenda vert ! » ou « Je suis la proprio de l'agenda ! ».

Je sais, rien de plus stupide. Surtout que les filles, ce n'est pas ce qui manque au collège. De la sixième à la troisième, il doit y en avoir... J'ai renoncé à compter. C'est bien simple : je n'avais absolument aucune idée du nombre de filles qu'il pouvait y avoir. Il aurait fallu compter les classes, se dire qu'il y a en moyenne tant de filles par classe, multiplier... Un exercice qui ressemblait trop à un problème de maths et je n'ai jamais été bon en maths.

– Eh! tu rêves!

C'était Benoît. Il avait raison : je rêvais. Il m'a poussé.

– Allez viens, on va être en retard.

La première sonnerie avait retenti et je n'avais rien entendu, ni trouvé de solution à mon problème.

Une fois dans la classe, j'ai mentalement passé en revue les filles qui en font partie. Bon, il y avait assez peu de chances pour que l'agenda appartienne justement à l'une d'entre elles, mais on ne sait jamais.

Alors, Marie...

Ben là, facile! Son agenda était posé sur son bureau et c'était le sien, sûr et certain, l'étiquette collée sur la couverture en témoignait : Marie Duroux.

Voilà au moins une candidate éliminée sur l'ensemble du collège. C'était un début.

Stéphanie ? Mmmm, Stéphanie, pas vraiment le genre à laisser traîner ses affaires. Elle est hyper-organisée, jamais elle n'aurait oublié quoi que ce soit n'importe où. Je pouvais l'éliminer aussi.

La première Émilie (il y en a deux dans la classe). Non : son agenda, je le connaissais bien avec sa couverture en patchwork, on ne pouvait pas le rater. Rien à voir avec le mien...

— Alors, Jérémie, qu'est-ce que tu fais ? a dit soudain une voix.

— Euh, rien, ai-je répondu stupidement.

Toute la classe a éclaté de rire.

« Rien » n'était évidemment pas la bonne réponse. Le prof de SVT a enchaîné :

— Rien ! C'est précisément ce qui ne va pas ! Tu devrais être, comme tes petits camarades, en train de recopier ce que je viens d'écrire au tableau. Où est ton cahier ?

— Là ! Il est là !

J'ai ouvert prestement mon cahier de SVT et me suis penché dessus avec application. Il fallait absolument que je me sorte cette histoire d'agenda de la tête, sinon j'allais finir par m'attirer des ennuis.

Pourtant, je continuais à réfléchir à mon problème. Il y en avait encore une que je pouvais éliminer d'office, c'est Laura. Elle est arrivée en cours d'année, elle ne parle à personne... et on le lui rend bien. Je ne sais pas si elle a un agenda, mais il ne doit pas y avoir grand-chose dessus vu qu'elle n'a pas de copines et encore moins de copains...

Marie, Stéphanie, Émilie n° 1, Laura. En voilà quatre. Combien en restait-il?

Je me suis absorbé dans mon dessin de SVT. Je n'aime pas trop les sciences non plus. Et puis, je ne suis pas doué pour le dessin. En général, quand j'ai terminé, le résultat n'a rien à voir avec ce que le prof a dessiné au tableau. Il est plutôt bon, lui, en dessin. Il aurait dû devenir artiste; au moins, cela l'aurait empêché de venir nous empoisonner l'existence. Mais il y en aurait un autre à sa place...

En tout cas, cette activité m'a changé les idées. À la fin du cours, j'avais pris une grande décision : j'allais rapporter cet agenda au CDI et le remettre discrètement où je l'avais trouvé. Ni vu ni connu. Après, advienne que pourra... Ce ne serait plus mon problème.

Les grandes décisions, c'est vraiment des trucs qu'on prend dans les moments où on ne réfléchit pas.

Le soir même, enfermé dans ma chambre, bien tranquille sous ma petite lampe, j'ai ouvert le tiroir et sorti l'agenda. Je m'en rendais compte, j'étais incapable de faire autrement. J'avais l'impression d'être attiré par un aimant.

J'avais le sentiment de me retrouver en terrain connu, comme si je l'avais entièrement parcouru. C'était le cas, en effet, mais en réalité, je l'avais juste survolé. En fait, je ne voulais pas me l'avouer : j'étais impressionné. Il y avait tellement de choses ! Comment était-ce possible ?

Je crois que j'étais un peu jaloux aussi.

Impulsivement, j'ai pris mon propre agenda et je l'ai ouvert. La page Identité était soigneusement remplie, ça oui. À dire vrai, c'était même la plus propre ! Au moins, si je perdais mon carnet, celui qui le trouverait saurait à qui le rapporter !

Après, c'était plus chaotique. Quelques devoirs et contrôles marqués en gros et de travers. Un mot de Max qui commençait par : « *Je ne sais pas quoi t'écrire...* » Bon, ben pourquoi il essayait alors ? Un dessin de cet enfoiré de Benoît, représentant un cône avec deux boules, assez suggestif, accompagné d'une légende prétendant qu'il s'agit d'un cornet de glace et me traitant en plus d'obsédé !

Une page entière couverte d'un motif labyrinthique aux couleurs fluo. Ça, c'est Matthieu. Lui, il n'écrit pas, il dessine. On le laisserait faire, il couvrirait la totalité des surfaces qui se présentent de ses couloirs tortueux qui ne se rejoignent jamais. Parfois, je me demande si son cerveau ressemble à ses gribouillis.

Ah ! Un mot de Marjolaine ; elle est dans une autre cinquième, mais on a techno ensemble. Ben voilà ! Immédiatement, on voit la différence ! Le mot de Marjolaine, il est propre, écrit droit, sur les lignes, avec de petites étoiles qui remplacent les points sur les i et une signature joliment fleurie. Rien à voir avec les délires de Benoît et Matthieu. Les filles, elles savent y faire.

En tout cas, il fallait se rendre à l'évidence, mon agenda à moi, à côté de celui de l'inconnue, il était vide et pas très attirant.

J'ai attrapé une revue qui traînait par terre, une paire de ciseaux, j'ai tourné les pages fiévreusement, me suis soudain arrêté : j'avais trouvé ce qu'il me fallait! Une photo de montagne. Une superbe vue de sommet enneigé avec un ciel style soleil couchant par-derrière. Ça en jetait! La montagne, j'aime; c'est beau, c'est grand, c'est serein, et l'air qu'on y respire est différent. Plus... plus pointu, oui, voilà, il agace le nez et pince les poumons, et en même temps on a envie de l'avaler à pleines bouffées.

J'ai découpé puis collé ma montagne sur une double page qui indiquait : Maths, n° 4, 5, 6, page 76. C'était vieux... J'ai enchaîné avec un surfeur valsant sur la poudreuse sur fond d'horizon bleu et une télécabine accrochée à son câble en route pour les cimes. J'étais assez content de moi. Il y avait des bouts de papier partout et mes doigts étaient poisseux de colle, mais mon agenda avait déjà plus d'allure. J'ai rangé rapidement mon bureau, glissé le carnet vert à la place qui est désormais la sienne, au fond de mon tiroir.

Dans ma tête, une petite phrase piochée comme un clin d'œil sur l'un des feuillets trottinait : *Est-ce qu'il y a encore des choses à dire ?*

Aujourd'hui, j'ai éliminé deux autres filles : Noémie et Jordane. On était en cours de français. Elles bavardaient toutes les deux, je les entendais chuchoter et je savais bien ce qu'elles faisaient : elles écrivaient. Pas le cours de Mme Janton, non. Plutôt des choses perso. À un moment, Jordane a laissé échapper un petit rire. Ça a dû agacer Mme Janton car elle les supportait sûrement depuis un bon bout de temps elle aussi. Elle s'est levée comme s'il y avait un ressort sous ses fesses, elle est descendue de l'estrade, elle a remonté l'allée à vive allure, clic, clac, de deux coups secs elle a fermé les deux agendas posés sur la table et hop ! elle les a emportés à son bureau. Efficace. Personne n'a eu le temps de réagir et l'ensemble de la classe était très impressionné.

Jordane et Noémie n'ont plus osé ouvrir la bouche jusqu'à la fin de l'heure. Et encore, elles ont eu de la veine car quand elles sont allées la voir après le cours, elle a été d'accord pour leur rendre leurs agendas. Celui de Jordane a une couverture avec un motif écossais et celui de Noémie est très sobre, noir avec l'année inscrite en rouge en petit, en bas à droite. En tout cas, elles les ont rangés sans demander leur reste.

C'est devenu une drogue. Chaque soir, quand je me retrouve dans ma chambre, j'en relis une partie très attentivement. Les autres croient que je me suis mis au boulot et que je fais mes devoirs car je ne demande plus à regarder la télé ou à appeler les copains. Ils se trompent complètement. Quand la nuit est descendue sur la ville, quand chacun dans la maison a trouvé comment il allait occuper sa soirée, je m'installe avec délectation sous la lampe et j'ouvre l'agenda vert. C'est comme un rituel, un rendez-vous...

Avec qui ? Je suis décidé à le découvrir.

J'ai commencé cette lecture détaillée le jour où Noémie et Jordane se sont fait pincer en cours de français. Ce soir-là, j'ai osé regarder la réalité en face : non, je n'avais pas envie de rapporter ce carnet où je l'avais trouvé ; oui, je voulais découvrir à qui il appartenait, connaître le visage d'une fille suffisamment populaire pour que toutes les pages de son agenda, sans exception, soient couvertes de messages.

Tiens, ma sœur Lucie, par exemple. Est-elle aussi populaire ? D'accord, elle est au lycée en terminale, mais là-bas ils ont également ce type de carnets et je sais que son agenda est un truc sacré. Pas question d'y toucher. Pourtant, je voudrais bien savoir...

J'ai tendu l'oreille et je me suis glissé hors de ma chambre. Oui, c'est ce qu'il me semblait, elle était dans la salle de bains. Sa porte était entrouverte, je n'ai eu qu'à la pousser. Sa chambre était hyper-rangée comme d'habitude. Lucie est née avec ça dans le sang : l'ordre. C'est presque une maladie chez elle. Seul son bureau échappe à cette manie. Dessus c'est le bazar, il y en a partout... Mais elle dit qu'elle s'y retrouve.

Je n'ai pas eu à chercher longtemps. Il était là, posé en équilibre sur un livre de maths ouvert. En deux bonds, j'ai franchi l'espace qui me séparait du bureau, mes doigts ont effleuré la couverture...

— Ne te gêne surtout pas ! a dit une voix.

— Ah tiens, salut ! ai-je dit bêtement.

— Salut... Non mais écoutez-le ! Neuf heures du soir, il est dans ma chambre en train de faire je ne sais quoi, et la seule chose qu'il trouve à dire, c'est « Salut ! ». Tu es dingue ou quoi ?

— Oh, ça va, tout le monde peut se tromper ! Je voulais te demander un truc.

— C'est ça ! La belle excuse ! Tu venais fouiner, oui !

— Mais non, pas du tout !

— Sans blague... Bon alors, qu'est-ce que tu veux ?

J'ai pris une profonde inspiration... et si je lui déballais mon histoire ? Elle pourrait m'aider, il paraît que les filles ont plus d'intuition que les mecs. J'ai aussitôt repoussé cette idée. Pas question. Le grand détective, c'était moi. J'ai dit :

– Ton agenda, là, tu as beaucoup de trucs dedans ?

– Ça te regarde ?

– Oh là là ! On ne peut vraiment rien te demander à toi !

– Mais enfin, qu'est-ce que ça peut te faire ?

– C'est pour une enquête... voilà... en français, un devoir d'expression écrite... je cherche des idées.

J'avais débité ma phrase d'un trait.

– En français ? Allez savoir où les profs vont chercher des idées pareilles !

Ma sœur était sceptique ; elle n'avait pas tort.

– Bon, qu'est-ce que tu veux savoir exactement ?

– Euh, ben, les agendas des filles, c'est comment ? Pour les garçons, je sais, avec les copains... Pour les filles, pas trop. Au collège, elles ne veulent pas souvent nous les montrer, ni qu'on écrive dessus.

– Je les comprends, a dit Lucie. Avec les horreurs que vous êtes capables de sortir !

Là, elle avait raison.

– Bon, écoute, moi je ne peux pas t'aider. Et si tu comptes lire mon agenda, tu peux toujours courir. Tiens, regarde…

Elle a pris le carnet, l'a feuilleté rapidement sous mes yeux. J'ai eu le temps de voir des pages pleines de textes, de couleurs, de photos, de dessins avec des petits papiers pliés. J'étais impressionné. Ma sœur, elle est populaire aussi, pas de doute. J'ai battu en retraite.

Je suis retourné dans ma chambre, j'ai fermé la porte, ouvert l'agenda à la couverture verte et commencé à le relire depuis le début. J'avais un plan très simple : il fallait tout regarder dans le détail et noter les indices au fur et à mesure. Les indices seraient par exemple les noms des profs, ceux des signataires des messages, les dates d'anniversaire…

En recoupant ces informations, je devrais bien finir par apprendre quelque chose. Dans les films policiers, ils procèdent de cette façon. Ils ont souvent beaucoup moins d'indices que moi à leur disposition, et c'est incroyable ce qu'ils parviennent à découvrir ! D'ailleurs, depuis tout petit, je suis tenté par le métier de détective. C'était le moment ou jamais de voir de quoi j'étais capable.

1er septembre

Ça commençait par un poème.

*Je fais souvent ce rêve étrange et pénétrant
D'une femme inconnue, et que j'aime, et qui m'aime,
Et qui n'est, chaque fois, ni tout à fait la même
Ni tout à fait une autre, et m'aime et me comprend.*

Waouuuh ! Ça démarrait fort ! Si c'est elle qui a écrit ces lignes, elle doit être plutôt bonne en français ! Je suis allé jusqu'à la fin du poème. C'était signé : *Paul Verlaine*. Ah bon... Il faudra que je regarde si c'est quelqu'un de connu. De petites photos de stars, d'un centimètre sur deux environ, découpées dans des journaux, parsemaient le poème. Elle avait dû les coller avant d'écrire, car le texte s'organisait autour. C'était joli.

2 septembre

La page est vide. Presque.

Au centre, il y a juste un papier plié et replié, collé, avec écrit dessus en grosses lettres noires : **TOP SECRET**. Je le déplie avec précaution. À l'intérieur, une main a tracé dans la même encre noire : *On dit qu'écrire libère. On va bien voir.* Cette fille est étonnante.

4 septembre

Salut La Nine !

Beignets, chouchous ! Miam, miam ! La plage, le soleil, le sable brûlant, l'eau transparente... Aaaaah ! Mmmmm ! Ça ne te rappelle rien ? A ciao.

La Puce.

La Nine ! La Puce ! C'est bien les filles ! Débrouille-toi avec. Comment je vais les identifier, moi, avec des surnoms pareils ! Bon, pas question de se laisser décourager dès le premier obstacle. J'ai pris un papier et j'ai commencé à noter : « Elle a passé ses vacances au bord de la mer (Méditerranée ? Eau transparente. Oui sans doute. L'eau de l'océan est plutôt opaque avec le sable du fond qui est brassé par les vagues) avec "La Puce". La Puce utilise un stylo à bille noir ; son écriture est appliquée et très lisible. On surnomme la fille que je cherche "La Nine". Mais il n'y a peut-être que La Puce qui le fait, personne d'autre. »

J'ai posé mon stylo et relu ce que je venais d'écrire. Décourageant... Je n'y arriverais jamais. J'ai froissé le papier et je l'ai jeté à la poubelle, cela ne servait à rien de noter des idioties pareilles.

J'ai tourné la page de l'agenda. De l'autre côté, sur tout l'espace, une photo découpée dans un magazine était collée. Au premier plan, une jeune fille pensive, les lèvres serrées, la tête et les paupières baissées, les cheveux bruns ramenés en arrière, sagement ; elle porte une robe noire à pois blancs décolletée avec un petit gilet à manches courtes par-dessus.

En arrière-plan, un homme et un grand ado derrière un étal d'épicerie. Une lumière chaude, orange, jaune et rouge...

À quoi pense la jeune fille de l'image ? Elle a l'air sage, mais il ne faut pas s'y fier. On voit bien que des tas d'idées tourbillonnent dans sa tête, qu'elle a une vie secrète, intérieure. Et si mon inconnue lui ressemblait ?

Longtemps j'ai contemplé la photo. Je n'arrivais pas à m'en détacher. C'est idiot. Ça ne m'était jamais arrivé. Ce n'est qu'en entendant des pas dans l'escalier que j'ai trouvé la force de refermer l'agenda et de le glisser à sa place dans mon tiroir.

Cette nuit-là, dans mes rêves, une drôle de Nine avait le visage tranquille de la fille de la photo.

Le lendemain, je n'ai pas résisté, j'ai interrogé Benoît :
— Ça te dit quelque chose, toi, « La Nine » ?
— La quoi ?
— La Nine.
— C'est quoi ? Le nom d'un bar ?
— Mais non ! Un surnom ! Une fille qu'on appellerait de cette façon.
— Qu'est-ce qu'elle a cette fille ?
— J'en sais rien, moi ! Je veux juste savoir si ça te dit quelque chose. Laisse tomber.
— Laisse tomber... Laisse tomber... Tu en as de bonnes, toi ! Jamais entendu ce nom... Nine, c'est un prénom du sud.
— Du sud ?
— Ben oui, du sud de la France ! Nine, ça peut venir de niña et niña est un mot espagnol. Elle vient de là, ta fille ? C'est qui ?
— Je te dis que je n'en sais rien. C'est juste une idée.
— Tu es bizarre en ce moment.

Benoît avait raison, j'étais bizarre ; ou alors, plus tout à fait le même. L'agenda m'obligeait à poser un regard différent sur les autres. Sur les filles d'abord, que je croyais pourtant connaître : après tout, nous étions ensemble depuis la maternelle ! Enfin, avec la plupart d'entre elles...

Et en fait, je m'apercevais qu'elles étaient pour moi de parfaites inconnues. Elles avaient une vie à côté de nous, les garçons, une vie dont nous ne savions rien, une vie qui éclatait entre les pages de leurs agendas, avec ces mots échangés, ces images choisies, découpées, collées...

Les idées tournicotaient dans ma tête. Sur moi aussi j'étais obligé de poser un autre regard. Qu'est-ce que cela signifiait ? Pourquoi avais-je ce genre d'interrogations ?

Ce matin-là, je voyais les filles d'un autre œil. Tiens, Jordane et Noémie par exemple, toujours en train de papoter et de se passer des petits mots, de quoi parlaient-elles en fait ? Qui étaient-elles ? Et Stéphanie avec son air de première de la classe, à quoi pensait-elle ? Avait-elle, elle aussi, des jeunes filles aux yeux baissés cachées dans son agenda ?

– Eh, tu rêves !

Benoît venait de me donner un grand coup de coude.

Oui, je rêvais ! Moi ! Moi qui n'étais pourtant pas du genre à me poser des questions sur la vie, ni sur les autres d'ailleurs, ma sœur le faisait assez souvent remarquer ! J'ai haussé les épaules :

– Je pensais à autre chose.

– Encore La Nine, hein ? Tu es amoureux ?
– Ça va pas non ! C'est juste… Ceux de troisième A, ils parlaient d'une fille qui a ce nom-là. Je me demandais qui c'était. Ce n'est peut-être pas quelqu'un du collège.

J'inventais au fur et à mesure. Ça aussi, c'était nouveau, surtout qu'avec Benoît, on ne s'est jamais rien caché.

10 septembre

La page de gauche est occupée par une photo, une vraie photo cette fois. Que représente-t-elle ? J'ai eu un peu de mal à comprendre : on voyait du gris bleuté, des masses blanches cotonneuses, un bout de bleu lumineux, du noir.

C'est le ciel ! Un ciel d'hiver, exactement semblable à celui d'aujourd'hui au-dessus du collège. Quelle drôle d'idée de photographier le ciel ! À quoi ça sert ? Je n'ai pas la réponse à cette question, même si une petite voix murmure : « À rien, ça ne sert à rien, c'est juste pour la beauté… ».

En face, une certaine M. M. a écrit, à l'encre bleu turquoise :

Salut veinarde !

Aujourd'hui, t'as du bol : la fille la plus intelligente et la plus modeste du monde t'écrit un mot... et simplement pour te raconter des blagues.
Faudrait pas non plus que je t'instruise, hein ! Allez, un petit jeu pour faire passer le cours de maths : colorie en noir les cases marquées d'un point...

À côté, enfermé dans un cadre, un dessin représente un cheval au galop. L'image est divisée en plusieurs éléments, comme un puzzle, et chacun est marqué d'un point. Si on colorie en suivant la consigne, cela fait un grand carré noir. Elle est marrante, cette M. M. ! Qui cela peut-il être ?

14 septembre

Des bouts de papier de toutes les couleurs sont collés sur la page. Des verts, des rouges, des jaunes, des bleus, des dorés... Certains brillent, d'autres sont mats. Sur le côté, une main a tracé verticalement, le long du bord de la page, d'une écriture appliquée : *Un jour qui compte.*

C'est avec cette phrase que je m'endors. 14 septembre, un jour qui compte. Pourquoi ? Que s'est-il passé le 14 septembre ? C'était un mardi. À cette date, mon propre agenda ne porte qu'une seule mention : « maths, p. 32 ». Pas de quoi marquer cette information d'une pierre blanche. J'ai beau fouiller dans mes souvenirs, impossible de me rappeler s'il s'est passé quelque chose de particulier. En même temps, pour celle qui a écrit cette phrase, c'est peut-être un événement intime, personnel.

Un jour qui compte, compte les jours…

J'ai un indice ! Waouuuuh ! Je n'en reviens pas. Surtout qu'il était en très petit, au crayon à papier, un peu effacé. C'est au 2 octobre ; il y a marqué : Berthet est un c...

Berthet est le prof d'histoire. NOTRE prof d'histoire ! Et celui d'un certain nombre d'autres classes. Il suffit de trouver lesquelles, la fille que je cherche est forcément dans l'une d'elles. Enfin, je crois. Parce que la phrase pourrait être écrite par une fille d'une classe qui a Berthet pour informer celle que je cherche qui est, elle, dans une classe différente et ne l'a pas.

Non, non, trop compliqué… Non, décidément je ne crois pas. Je ne sais pas pourquoi, je suis quasiment sûr que c'est elle qui a écrit cette phrase. Enfin, il y a neuf chances sur dix. Suffisamment pour prendre la peine de chercher.

Dès mon arrivée au collège, je mène mon enquête. Ce n'est pas trop compliqué; il suffit d'interroger les autres. Berthet enseigne aux trois cinquièmes, la A, la B, la C, je le sais. Il a aussi la sixième B et la quatrième A. Plus la troisième C. Au total six classes, donc environ cent soixante-dix élèves, dont à peu près… la moitié de filles. Et voilà le travail!

Je ne suis pas plus avancé. Il me faudrait un autre indice.

Je l'ai! Au 8 octobre. Un mot d'amour! Enfin presque…

8 octobre

Salut toi!

Tu es une super meilleure amie. Tu sais que je veux sortir avec Matthieu, un copain de B. Pourquoi tu restes avec Coralie, cette p…

Bon, c'est toi qui vois. Je continuerai plus tard, le sperm est terminé.

Le sperm ? Elle y va fort celle-là ! Terminé ?

Ça sonne, on y va !

Ah ! La perm ! Faut comprendre... Il s'agit d'un jeu de mots ! Elle écrit « sperm » pour « perm ». Moyen. Enfin, on ne peut pas être toujours au meilleur de sa forme.

Et c'est signé : *A. J.*

En tout cas, dans ce message, il y a deux prénoms et une initiale : B. Comme Benoît ? Bastien ? Brice ? Benjamin ? Benoît ! Je parierais sur Benoît, mon copain. Pas au hasard, non ! Parce que Benoît est copain avec moi, et nous sommes copains avec... Matthieu ! Aucun doute, ça se tient.

J'ai tourné fiévreusement les pages de l'agenda et, au 12 octobre, j'ai trouvé deux cœurs entrelacés, et à côté, en rouge flamboyant :

Il est beau, il est beau, il est beau le Matthieu ! Tu trouves pas ?

A. J.

A. J. c'est une fille de cinquième A, j'en suis sûr. Anita Joly. Des initiales pareilles, il ne peut pas y en avoir cinquante ! Je suis même prêt à parier que personne d'autre, dans le collège, n'a ces initiales. Enfin, je pense.

Et Matthieu... Ben c'est notre copain Matthieu, tiens ! Il plaît aux filles celui-là, c'est dingue. Bon je sais, il y a d'autres Matthieu. Mais les autres, leur nom s'écrit avec un seul « t » et là, il y en a deux ! Comme Matthieu !

Anita... Elle n'est pas franchement mignonne, mais elle a quelque chose. Et puis elle rigole pour un oui ou pour un non. C'est sympa, une fille qui n'est pas triste...

Le lendemain, à la première heure, j'ai attaqué :

– Eh Matthieu, tu le fais exprès ou quoi ?
– Hein ?
– Ben oui, t'as rien remarqué ? C'est vraiment toi, ça !
– Remarqué quoi ?

J'ai poussé Benoît du coude :

– Il est aveugle, hein ?

Benoît, qui ne savait absolument pas de quoi je parlais, a quand même approuvé :

– Euh, oui, il ne voit jamais rien.
– Mais voir quoi ?
– Anita ! Tu n'as pas vu Anita ?
– Anita ? Quelle Anita ?
– Attends, il n'y en a pas cinquante, ni dix, ni deux ! Il n'y a qu'une Anita dans le collège. Anita Joly, ce nom ne te dit rien ?

– Anita Joly ? Cinquième A ?
– Ça y est ! Il a trouvé !
– Et alors, qu'est-ce que j'ai gagné ?
– Tu n'as pas remarqué qu'elle a complètement flashé sur toi ?
– Ouais, ça se voit gros comme le nez au milieu de la figure, a lancé Benoît en rigolant.
– Elle est folle de toi !
– Folle de moi ? Vous êtes cinglés, les mecs !
– Attends, il y a des trucs qui ne trompent pas... Et puis, j'ai mes sources, ai-je ajouté d'un air mystérieux.
– Tes sources ?

Matthieu avait l'air méfiant.

– « Tu sais que je veux sortir avec Matthieu, un copain de B. Il est beau, il est beau, il est beau ! » ai-je déclamé.
– Chut ! Pas si fort ! a fait Matthieu. Tu as vu ça où ?
– Ça mon vieux, les sources, c'est secret. Moi, je file l'info gracieusement, tu en fais ce que tu veux.

Ça n'a pas traîné. À midi, dans la queue de la cantine, Anita Joly était deux ou trois mètres devant nous.

Matthieu a déclaré :
– Bon, je vous laisse les gars.

Il a joué des coudes, s'est faufilé. Quand il a posé son yaourt sur son plateau, il était juste derrière Anita. Il a suivi le groupe qu'elle formait avec ses copines, s'est approché d'une place restant à la table où elles s'étaient installées et a demandé d'un air dégagé :

– C'est libre ici ?

J'ai entendu le rire d'Anita résonner dans le réfectoire.

Ce Matthieu, quel veinard !

15 octobre

En travers de la page, un masque épouvantable. Une tête de fantôme, longue, blanche, difforme, avec de larges taches noires pour les yeux exorbités, le nez disparu, la bouche hurlante. Le tout sur une feuille collée dans l'agenda, mais le dessin est si grand que la feuille déborde et qu'un morceau a été replié à l'intérieur. Effrayant. À côté, il y a écrit :

La vraie question est celle-ci :
Qui suis-je ?
Et où suis-je ?
Et toi, où es-tu ?

Anita et Matthieu, ça marche comme sur des roulettes. Ils ne se quittent plus une minute, enfin entre les cours bien sûr. À la cantine, ils mangent ensemble, dehors, ils se promènent les doigts mêlés. Le rire d'Anita jaillit; Matthieu a un sourire modeste, il se penche vers elle pour lui murmurer quelque chose à l'oreille.

C'est grâce à moi.

Perplexe, Benoît me dit en les observant :
– Mais comment tu as su ?

Je me détourne d'un air maussade :
– Comme ça…

Il insiste :
– Et pour moi, tu n'as rien, tu es sûr ?
– Non. Pas pour toi.

Je suis jaloux. Pourquoi n'ai-je pas découvert, dans les pages secrètes de l'agenda, une déclaration enflammée qui serait pour moi ? Rien que pour moi ?

17 octobre

Une carte postale. Elle représente deux adorables chiots, en gros plan. Ils sont collés l'un contre l'autre, presque enlacés, le plus petit frotte son museau contre la tête du plus gros. Sous la carte, une phrase souligne :

C'est bon de savoir qu'il existe quelqu'un sur qui compter !

Je ne sais toujours pas qui est la propriétaire de ce carnet, mais elle a de la chance d'avoir autant d'amies (et d'amis ?) qui parsèment sa vie de phrases comme celle-ci. Ça doit être chaud et rassurant.

À côté, ma vie à moi est parfaitement vide. Bon, il y a les copains, mais je ne vois pas l'un d'entre eux me dire (et encore moins m'écrire !) : « *Salut toi, tu sais que je t'aime !* » Ou encore : « *Hello mon pitchoun !* » Ou bien : « *Je suis allé dans le bois derrière le collège et voilà pour toi* » calligraphié à côté d'une pensée séchée, jaune au cœur violet, collée sous un morceau de ruban adhésif transparent.

Impensable.

Mon agenda à moi est vide.

Quand les copains l'utilisent, c'est tout de suite sale, grossier. Avant, cela ne me gênait pas. Et même, je les trouvais drôles. Quand il y avait un truc bien nul, je le montrais à ma sœur, juste pour voir son air dégoûté. Maintenant, je n'ai plus envie de ce genre de message.

Si je comptais sur Anita pour me mener à l'inconnue, c'est complètement raté. D'abord, elle passe la majeure partie de son temps à roucouler avec Matthieu, des fois je me demande ce qui m'a pris de les mettre en relation ces deux-là; et puis aucune de ses copines n'a l'air d'avoir perdu son agenda. Je les ai suivies, une à une, comme un vrai détective, pour en avoir la preuve.

La grande brune aux cheveux trop courts, Mélissa, a un petit carnet qu'elle porte très souvent à la main. Un stylo doré y est fixé par une ficelle, dorée elle aussi. Elle l'ouvre sans arrêt pour y griffonner quelque chose, on se demande bien quoi, il ne se passe jamais rien dans ce collège.

La rouquine à lunettes qui sautille toujours partout a le sien coincé dans la poche arrière de son sac à dos. Pas difficile à découvrir : son sac à dos est entièrement transparent! Quelle idée... À quand les fringues transparentes elles aussi?

La blonde m'a donné plus de fil à retordre. Mais j'ai fini par la trouver, elle et son agenda, avec Benoît! Ils s'étaient isolés dans un coin du bosquet à l'extrémité de la cour et il griffonnait avec application sur ledit agenda pendant qu'elle couvait Benoît d'un regard de propriétaire! Qu'est-ce qu'il a bien pu lui raconter? Je préfère ne pas le savoir.

Toujours est-il que j'ai fait chou blanc, et avec ces stupides histoires de filles, je suis en train de perdre mes deux meilleurs copains. Ils sont occupés, très occupés, qu'ils disent!

*

26 octobre

Salut Nine!

Rien... Prochaine fois.

Stéphanie

Ça par exemple! Habituellement, les messages adressés à « La Nine » sont signés : « La Puce »! Et là, aujourd'hui, j'ai un prénom!
Un peu plus bas :

Coucou Nine!

Toujours rien, ça va venir!
Stéphanie

Encore plus bas :

Jourbon Nine,
Ben non, décidément rien. C'est pas le jour.
Stéphanie

J'ai un prénom... et une couleur. Les autres messages étaient en noir ; ceux-ci sont en rose. Et pourtant, l'écriture est la même.

Mais cette encre rose bonbon, je la connais ! C'est celle du stylo de... de Stéphanie ! On est assis à côté en TP de SVT, même qu'un jour le prof lui a fait remarquer que pour les contrôles, il aimerait autant qu'elle utilise un stylo noir ou bleu. Il ne doit pas aimer le rose.

Stéphanie ! Bien sûr ! Comment n'y ai-je pas pensé plus tôt ? Ben, c'est simple : jusque-là il n'y avait rien de cette couleur dans l'agenda. Du moins, pas de ce rose-là. Donc, Stéphanie écrit dans le carnet de l'inconnue. Donc elle la connaît, sûr et certain, sinon elle n'y aurait pas accès. Logique. Je suis en train de devenir un super détective. Bon, maintenant, il va falloir jouer serré.

Jouer serré, jouer serré, facile à dire. Quand je me suis approché de Stéphanie pour murmurer : « Salut Nine ! Rien... Prochaine fois », elle m'a regardé d'un air bizarre.

Pas grave, du temps a passé depuis le 26 octobre, elle a peut-être oublié. Mais je vais lui rafraîchir la mémoire, moi.

À l'interclasse de dix heures, j'ai récidivé : « Coucou Nine! Toujours rien, ça va venir! » Elle s'est carrément écartée d'un air dégoûté.

À midi, j'ai gagné le gros lot. Je suis arrivé dans son dos et je lui ai murmuré à l'oreille : « Jourbon Nine, ben non, décidément rien. C'est pas le jour. » Elle s'est retournée d'un bloc et j'ai cru qu'elle allait me balancer une claque. Pas du tout. Elle a juste dit, en articulant comme si j'étais malentendant ou débile :

– Ben non, pas le jour. Ni hier, ni aujourd'hui, ni demain, ni jamais si tu veux savoir. Avec ta tronche de cake, t'es laid, tu ne me plais pas. Et puis un bon conseil, si c'est ta nouvelle façon de draguer, tu ferais mieux d'en changer.

Et elle a tourné les talons.

Stéphanie est connue pour son caractère – sa personnalité, disent certains –, elle a son franc-parler, mais enfin « tronche de cake », j'ai du mal à le digérer. Heureusement, on était seuls, j'espère qu'elle ne va pas raconter la scène à ses copines. En attendant, je ne sais toujours pas qui est Nine. Et je ne suis plus sûr du tout que la Stéphanie de l'encre rose soit celle de ma classe.

Nine, c'est pas un prénom. Pas pour celle qui copie ces strophes dans son agenda :

Et quand, solennel, le soir
Des chênes noirs tombera,
Voix de notre désespoir,
Le rossignol chantera.
                                    Verlaine

Ou ces paroles de chanson :

Mais comment font ces autres
à qui tout réussit ?
Qu'on me dise mes fautes
mes chimères aussi
Moi j'offrirais mon âme, mon cœur
et tout mon temps
Mais j'ai beau tout donner,
tout n'est pas suffisant.
                                    Céline Dion

Ou encore qui s'interroge :

Est-ce qu'on voit tous les mêmes couleurs ?
Est-ce qu'on sent tous les mêmes odeurs ?
Est-ce qu'on a tous les mêmes douleurs ?

Mais bon sang, qui, parmi les filles du collège, est capable d'écrire des trucs pareils ?

Voilà deux semaines et demie que j'ai cet agenda, deux semaines et demie que, chaque soir, je me plonge dans l'univers de La Nine, que je tourne, une à une, les pages de sa vie, que j'apprends à la connaître, sans même savoir qui c'est. Chez moi, ils me trouvent bizarre ; ils ne disent rien mais me regardent d'un drôle d'air. Voilà longtemps que je n'ai pas insisté pour rester devant la télé le soir.

Mon père n'a rien remarqué bien sûr, c'est normal, enfin, c'est comme d'habitude. Ma sœur, si. L'autre fois, elle m'a lancé : « Tu es amoureux toi ou quoi ? Tu as un air bizarre... » en m'observant avec attention, comme elle ne l'avait jamais fait, avec une pointe d'inquiétude. Et elle a aussitôt ajouté : « Enfin amoureux, je dis ça comme ça. Tu as un problème au collège ? Faut le dire, hein ? Les mecs, on connaît, ils gardent tout pour eux. » J'ai senti qu'elle était sincère et je me suis dit que si jamais un jour j'avais vraiment besoin de quelqu'un, elle serait là. Ça m'a fait chaud au cœur.

Allais-je pour autant lui déballer l'histoire de l'agenda de La Nine ? Non. J'étais allé trop loin tout seul sur ce terrain-là. Il fallait que je poursuive ainsi. Alors j'ai marmonné que j'étais fatigué. « C'est la croissance » a déclaré Lucie en prenant la voix de maman.

J'ai du mal à me l'avouer, mais cet agenda a changé ma vie. Non, ce n'est pas vrai. C'est moi qu'il a changé. Il est en train de me transformer, et le pire c'est que je n'y peux rien! Bien sûr, je pourrais arrêter, le fermer définitivement, le flanquer à la poubelle, le déchirer en mille morceaux, le déchiqueter à la broyeuse, le brûler dans la cheminée, mais je ne le ferai pas. J'ai besoin de l'ouvrir, jour après jour, dans le secret. Si mes copains me voyaient, Benoît, Matthieu, les autres… La honte.

D'ailleurs, il faut que je me reprenne; en classe, je rêvasse la moitié du temps, les profs ont commencé à me le faire remarquer, ce n'est pas dans mes habitudes. Même Antoine a ricané, lui qui n'a jamais pu m'encadrer depuis la maternelle qu'on est dans la même classe. Faut dire que « rêver », lui, il ne sait pas ce que cela veut dire.

Toujours est-il que j'ai raté le dernier contrôle de maths. Comme à la page du 13 novembre de l'agenda de La Nine sur laquelle une main anonyme a griffonné :

Oh! Une page vide!
On dirait mon devoir de maths!

Mon devoir ressemblait exactement à ça, aux pages vides de mon propre agenda.

Au 24 novembre, j'ai trouvé une jolie formule tracée à l'encre verte :

Copine de moi...

Le reste n'avait pas grand intérêt.

*Je m'embête...
Tu t'amuses, toi ?
Bon ben je sais pas quoi te dire et j'ai déjà rempli une page.
C'est fort, non ?*

Rien de bien excitant. La signature disait :

Carla...

Inconnue au bataillon. Et puis, elle n'a pas beaucoup d'imagination celle-ci, sauf pour le début : *Copine de moi...*

J'ai commencé à fantasmer. Imaginons : s'il me venait à l'esprit de tracer dans l'agenda de Benoît, ou celui de Matthieu (ou celui d'Antoine, trop drôle !), les mots suivants : « Copain de moi », on nous prendrait pour qui ? Pas la peine de faire l'essai, même mes meilleurs potes ne m'adresseraient plus jamais la parole, inutile de poser la question : on nous prendrait pour des homos, c'est sûr.

Pourquoi ? Pourquoi les filles peuvent-elles s'épancher autant qu'elles veulent en petits noms gentils, en surnoms inventifs, en rose, en bleu, en vert fluo, en doré, en langage fleuri sans que qui que ce soit y cherche une quelconque interprétation ?

Mais attention, hein, cela ne les empêche pas d'être grossières, super grossières ! Il y a des choses dans l'agenda vert qu'un garçon n'oserait pas écrire. Si, si, c'est vrai ! Tellement vrai que je ne réussis pas à les recopier, même à titre d'exemple ! À côté de ça, nous, les garçons, nous semblons condamnés à l'encre noire, ou au mieux, bleue ou rouge vif, aux formules viriles et directes, sous peine de passer… pour ce que nous n'avons pas envie d'être. Ce n'est pas juste.

Est-ce que j'aurais aimé être une fille ? Voilà encore une question que je ne m'étais jamais posée ! Question idiote en plus : c'est tellement mieux d'être un garçon, tout le monde vous le dira, alors quand on a la chance d'en être un, pourquoi se demander si on aurait préféré être une fille ? Stupide.

Mais je voudrais bien savoir : est-ce que l'inconnue s'est posé la question inverse ? Aurait-elle aimé être un garçon ? Je me suis endormi sur cette interrogation.

Je suis tombé dessus par hasard. C'était à la page du 4 janvier, dans un coin, une écriture ronde, soignée, à l'encre violette, la première fois que cette couleur était utilisée, juste une phrase :

Ma mère est morte.

Rien d'autre, pas de commentaires, pas de signature.

Le reste de la page était constellé de petits morceaux de papier journal découpés et collés n'importe comment, de façon à présenter un enchevêtrement de mots brisés, de phrases inachevées, de lettres ébauchées. Y avait-il un sens à trouver dans ce mystérieux assemblage ? Pas sûr.

Il faisait particulièrement calme ce soir-là dans la maison. Ma sœur avait dû sortir car aucune musique ne filtrait de sa chambre pour venir se glisser sous la porte de la mienne et personne ne regardait la télévision.

La nuit était tombée depuis longtemps et, contre les murs de ma chambre éclairés par la lumière jaune de ma lampe que j'aimais tant, le silence résonnait. Sur le coup, j'ai pensé que le violet de l'encre s'accordait bien avec le jaune de mon refuge, et puis les mots ont envahi l'espace et pris leur sens. Ils ont remplacé le silence paisible de notre quiétude familiale, posé un vide, un manque, ils se sont insinués partout, derrière moi, sur les étagères, sous mon lit, je les soupçonne même d'avoir franchi les portes du placard.

J'ai décidé que c'était une blague. On n'écrit pas des trucs pareils. Pas dans son agenda.

Surtout sans commentaire.

Surtout sans signature.

J'ai eu du mal à m'endormir.

Trois semaines que j'ai cet agenda. Ce soir, je tourne les pages avec circonspection.

5 janvier

La photo d'un lionceau est collée complètement de travers au milieu de la page. Une bulle part de sa gueule dans laquelle on peut lire :

> Purée ! J'ai trop fait la teuf hier soir ! Je suis dead.

Ça me rassure. Rien à voir avec la petite phrase violette. Quoique... Morte, dead. Il y aurait un rapport ?

6 janvier

Une écriture bleu argenté :

Salut Nine !

Tiens, la revoilà. Stéphanie... Il n'y a qu'elle pour utiliser ce surnom ! Je ne sais toujours pas qui c'est. En revanche, je sais à présent qu'elle aime les stylos originaux ! C'est utile, ça, dans une enquête ?

Dis donc, pas facile de trouver de la place dans ton agenda ! Qu'est-ce qu'il est beau... J'en serais presque jalouse. Non, je rigole. Il faudra que tu me dises comment tu fais pour avoir tant de mots.

Je me suis acheté une collection de stylos de toutes les couleurs. Ce bleu, tu aimes ? Moi, c'est mon préféré, c'est pour cela que je l'ai choisi pour t'écrire...

Oui, elle aime les stylos ! Et ça continue ainsi sur deux pages. Au centre de la première page, par-dessus les mots, une main a tracé avec un surligneur jaune un énorme N et, au centre de la deuxième, de la même manière un C.

NC : les initiales de quelqu'un ? J'ai renoncé à chercher.

7 janvier

Une carte postale représente deux chatons endormis sur un coussin rose. L'un est roux et sa patte est posée sur l'autre, brun tigré. Ils ont les yeux fermés. C'est kitsch.

15 janvier

Encore un chat. Bien réveillé cette fois-ci et qui me fixe de ses yeux jaunes tout ronds tandis qu'une phrase, ornée de lèvres rouges pulpeuses, déclare : *Gros câlins!*

Sur la même page, quelqu'un a entouré le nom du saint du jour, saint Rémi, tracé une flèche et écrit en face :

→ Je le déteste, emmerdeur, trouduc, sale c...

Hé ben! Qu'est-ce qu'il a fait celui-ci pour mériter un pareil traitement? Il y a un Rémi dans notre classe? Non. Mais dans le collège, oui, plusieurs même.

16 janvier

Un grand *RIEN* écrit en gros au crayon à papier bien gras en plein milieu. Et dans le bas à gauche, l'encre violette et son écriture ronde que je guette, sans vouloir me l'avouer, depuis la page du 4 janvier :

C'est allé trop vite, c'est pas du tout ce qui était prévu.

Je reste perplexe. Cette phrase est-elle la suite de la précédente ? Qu'est-ce qui est allé trop vite ? On ne peut pas prévoir ce genre de choses…

Cette fois, je n'ai plus envie de perdre mon temps à déchiffrer les messages et autres réflexions qui ornent les pages de l'agenda. Je tourne les feuillets, je les balaie du regard, je cherche le fil violet, celui qui a entamé une histoire de la plus mauvaise façon : par la fin, et une fin qui finit mal en plus !

Je veux savoir la suite, enfin pas la suite, non, plutôt ce qui a précédé, comment on en est arrivés là, à la mort de cette mère qui n'était pas prévue.

Je suis hyper-concentré, je passe de haut en bas, de droite à gauche, je déplie les messages collés quand il y en a, guettant la seule chose qui m'intéresse à présent.

Et je trouve.

18 janvier

Elle se trompait toujours d'heure, tout le temps, mais elle a toujours été distraite.

19 janvier

Enfin l'heure, c'était nouveau, surtout à ce point-là.

21 janvier

Quand papa est revenu de l'hôpital, il était seul. Elle, elle était restée là-bas. Il a dit : « Ils vont faire des examens complémentaires. »

22 janvier

Ce n'est pas vrai. Il n'a pas parlé d'examens complémentaires. Il a dit : « Ils ont dit qu'elle en avait jusqu'au printemps. »

25 janvier

Jusqu'au printemps. Ça faisait six mois, sept peut-être. C'était loin, ou peut-être proche, je ne sais pas.

28 janvier

Peu importe de toute façon parce que ce n'était pas vrai. Ils ont menti.

30 janvier

Quatre semaines. La vérité c'était ça : quatre semaines.

Ce soir-là, je n'ai pas pu aller plus loin. Il y avait une boule au fond de ma gorge. J'avais reconstitué l'histoire et elle défilait en boucle dans ma tête, une histoire d'heures, de temps qui passe, le temps, toujours lui : la mère qui a des malaises, pas graves mais enfin bon, on fait quand même des examens et paf! le truc hyper-grave qui vous tombe dessus.

Les médecins qui prétendent qu'il y en a pour quelques mois, l'espoir semble possible en tout cas, quelques mois cela paraît long, on peut faire des tas de trucs en quelques mois, guérir, pourquoi pas, ça arrive aussi, hein, ce genre de retournement extraordinaire, et puis tout s'accélère.

« Quatre semaines », c'est quoi quatre semaines ?

Au collège, je suis très occupé.

Occupé à attendre le soir. Et je prête de moins en moins attention à ce qui m'entoure.

Benoît me l'a fait remarquer :

– Mais enfin, qu'est-ce que tu as en ce moment, tu n'écoutes pas la moitié de ce qu'on te raconte...

Matthieu me l'a dit :

– Si notre conversation ne t'intéresse pas, tu n'es pas obligé de rester.

Les profs s'en sont aperçus :

– Jérémie, il faudrait revenir parmi nous de temps en temps. Vous n'avez pas l'air de vous en douter, mais un cours se déroule dans cette classe.

Ils ne savent pas.

Ils ne savent pas à quel point le jaune de ma petite lampe se marie au violet de l'encre, à quel point les mots que je découvre, soir après soir, me labourent le cœur.

3 février

Que nous réserve la vie ? La mort.

J'étais glacé.

C'est ma faute aussi. Pourquoi je continue à chercher les mots violets alors que je vois bien qu'ils me rendent malade ? Pourtant, aujourd'hui, à l'heure de mon rendez-vous habituel avec l'agenda, j'ai repris ma lecture là où je l'avais laissée.

4 février

Sur la page du 4 février, pas d'encre violette. Juste une guirlande d'un orange agressif, tracée d'une main habile, entourant une série de portraits de stars.

Au 6, au premier coup d'œil, je n'ai rien trouvé. La page était couverte de nombres tracés à l'encre noire, qui s'enchaînaient sans ordre apparent : 324 était à côté de 1 427 et 5 avant 10 282. Ça voulait dire quoi ? Mystère.

C'est en les contemplant que je suis tombé sur la phrase placée verticalement le long de la feuille et venant s'emberlificoter dans les chiffres : **La mort, c'est le néant.**

Après, j'ai tourné les pages avec fièvre, en vain... Plus d'écriture violette nulle part. Je m'y suis repris à deux fois car je n'arrivais pas à croire que le fil tendu par la correspondante mystérieuse puisse s'arrêter de façon aussi imprévisible le 6 février. J'ai dû m'y résoudre, plus rien.

Ou plutôt si, un tas de choses, mais sans rapport avec le sujet.

Pourquoi ce vide, cette absence ?

En classe, j'ai bien observé toutes les filles. À présent, j'ai un indice gros comme un immeuble de dix étages : la mère de la fille de l'agenda est morte, il n'y a sûrement pas très longtemps. Or dans la classe, personne ne répond à ce cas de figure, je le sais.

Les parents de Vanessa sont divorcés. La mère de Céline est morte, mais il y a un sacré bout de temps, quand elle était bébé, d'ailleurs son père s'est remarié et elle a une ribambelle de demi-frères et de demi-sœurs, la vie a l'air d'aller pour elle. Émilie n° 1 est adoptée, sa vraie mère, elle ne sait pas qui c'est, mais sa mère adoptive est vivante. Julie vit avec ses grands-parents car son père et sa mère travaillent à l'étranger cette année.

Les autres, rien à signaler. Juste cette Laura dont on ne sait pas grand-chose, c'est sa faute, elle ne parle à personne. Mais s'il y avait eu un drame dans sa famille, ça se saurait, au collège tout se sait. Et puis cette fille a un cahier de textes posé sur sa table. Quelle nouille ! Elle doit être la seule de tous les élèves de tous les collèges de France à avoir un cahier de textes divisé en sections comme un répertoire pour chaque jour de la semaine plutôt qu'un agenda !

Conclusion, la fille que je cherche n'est pas dans ma classe, et là mon enquête devient sacrément compliquée. Sur les autres cinquièmes, j'arriverai peut-être à avoir des infos, j'en connais pas mal, mais pour les petits sixièmes, les quatrièmes, les troisièmes, pffff... J'en ai marre, moi, de cette histoire.

Je la tiens ! Si, j'en suis sûr ! enfin presque. Voilà ce qui s'est passé : malgré l'absence des mots violets, j'ai poursuivi méthodiquement la lecture de l'agenda et je suis finalement arrivé à la date du 24 mars.

Assez curieusement, pour la première fois l'agenda est utilisé comme... un agenda. Le nombre indiquant 15 heures a été entouré et, en face, il y a écrit :

R.V. parc des Alouettes, le banc en face du bassin.

En examinant de près le tracé des lettres, j'ai réussi à me convaincre que l'écriture est identique à celle des mots en violet. En tout cas, si ce n'est pas elle, c'est drôlement bien imité ! Et je suis à peu près sûr que celle qui écrit en violet est la propriétaire de l'agenda. Personne n'irait écrire des trucs pareils dans le carnet de quelqu'un d'autre.

Bon, le 24 mars, c'est après-demain, mercredi. Cela fera exactement quatre semaines et un jour que j'ai trouvé l'agenda et je parie ce qu'on veut que sa propriétaire sera à 15 heures sur le banc en face du bassin.

R.V. signifie rendez-vous. Avec qui ? Un garçon sûrement, je vais assister à une rencontre amoureuse et résoudre en même temps le mystère qui empoisonne mon existence. Et avec un peu de chance, si je connais le garçon en question, on va bien rigoler !

Rencontre

24 MARS – 20 h 30

Ça ne s'est pas passé du tout comme je l'avais prévu. Pourtant, j'avais un plan d'enfer. À 14 h 15 pétantes, j'ai franchi le portail du parc des Alouettes, l'agenda serré sous mon bras gauche. J'ai jeté un rapide coup d'œil autour de moi : personne. Je me suis approché avec circonspection du bassin, on ne sait jamais, si l'un des deux protagonistes était arrivé en avance, comme moi, mais non, le banc était vide.

J'ai soigneusement examiné les alentours pour choisir la meilleure cachette. Aucun doute, c'était ce gros buisson, là, de l'autre côté de l'allée entre les deux grands arbres. Planqué derrière, j'avais une très bonne vue sur le banc, le chemin qui y conduit et le bassin. Impeccable. Et coup de chance, il ne pleuvait pas.

J'ai commencé à attendre, cinq minutes, dix minutes, quinze minutes, vingt minutes. On ne dirait pas, c'est drôlement long, pire qu'un cours de maths, tout seul planté dans la verdure et en plus ça fait mal aux jambes.

À 14 h 50, une fille est arrivée au bout de l'allée. Mon cœur s'est mis à battre plus vite.

– C'est elle ? ai-je murmuré.

Je ne l'ai pas quittée des yeux tandis qu'elle approchait. Qui était-elle ? À quoi ressemblait-elle ? Était-elle du collège ? Allait-elle s'arrêter près du banc ou ne faisait-elle que passer, auquel cas elle n'était pas celle que j'attendais ?

Quand je l'ai reconnue, j'ai laissé échapper un soupir de dépit. Laura ! Qu'est-ce qu'elle fabriquait là ? Comme si c'était le moment ! Comme s'il n'y avait pas d'autre endroit que le parc des Alouettes pour se promener le mercredi après-midi ! Bon allez, plus qu'à la laisser passer et attendre la seule, la véritable... Mais qu'est-ce qu'elle fait ? Ça par exemple, quel culot ! Elle s'assoit sur le banc. Elle est folle cette fille, elle ne sait pas que ce banc est réservé à partir de 15 heures et qu'il est... 14 h 55 ! C'est terrible, l'autre fille va arriver, le garçon aussi, ils verront le banc occupé, feront demi-tour, iront ailleurs peut-être, je les raterai ou ils se manqueront, et à cause d'une fille qui n'a pas ouvert la bouche depuis le début de l'année ! Non mais j'y crois pas.

À toute allure, j'ai essayé d'imaginer des stratagèmes pour la faire déguerpir. Hurler : « Au feu ! Au feu ! » Non, invraisemblable, il n'y a aucune trace ni odeur de fumée. Lui balancer des petits cailloux ? Je suis dans l'herbe, où est-ce que je vais les trouver, moi, les petits cailloux ? Sortir de ma cachette et lui proposer tranquillement : « Tiens, salut Laura, tu ne veux pas venir faire un tour avec moi ? ». Voilà qui l'éloignerait du lieu du rendez-vous. Stupide ! Moi aussi je m'éloignerais du lieu du rendez-vous, je n'aurais aucune chance de voir ceux que j'attends, et en plus je serais obligé de faire la conversation à cette fille. Nul !

Le temps passe, le temps passe. Le temps passe trop vite maintenant. Celui-là, il ne fait jamais ce qu'on attend de lui. Qu'est-ce qu'elle manigance ? Elle est assise sur le banc, au milieu, de façon à ce que l'on comprenne clairement qu'elle n'a pas envie que quelqu'un d'autre s'y installe, et elle regarde le bassin, sans bouger. C'est malin.

Désespéré, je jette des coups d'œil du côté de l'allée. Elle va arriver et lui aussi. Personne. Le parc est vide, comme si Laura et moi étions les seuls à le fréquenter aujourd'hui.

Il faut dire qu'il ne fait pas très chaud. Je serais bien mieux devant la télé, le mercredi après-midi j'ai le droit de la regarder quand j'ai fini mes devoirs, mais justement, mes devoirs, je ne les ai pas commencés.

Rien. Il ne se passe rien. Laura est assise sans bouger et personne n'arrive. Il est 15 h 05, 06, 07...

Je fais quoi ? J'éternue. Atchiiiii ! Je ne l'ai pas senti venir, c'est monté d'un coup, pas pu me retenir. Pas étonnant aussi, l'herbe est mouillée et mes baskets pas vraiment imperméables, les rhumes ça vient des pieds, ma sœur le dit toujours.

Laura s'est retournée. Elle fouille les alentours d'un regard curieux. Attention, ça recommence !

– Atchiiiii !

Les éternuements vont souvent par deux.

– Atchiiiii !

Ou par trois.

Laura s'est levée, elle s'est approchée de mon buisson. Là, je ne pouvais pas faire autrement, il fallait que je sorte.

Elle m'a regardé émerger de ma cachette d'un drôle d'air.

J'ai fait :

– Euh, salut.

Elle n'a pas répondu.

J'ai essayé de me détourner le plus naturellement possible en murmurant :

— Bon, faut que j'y aille, moi.

Et juste à ce moment-là, l'agenda a glissé et est tombé par terre.

Ben oui, à force d'être immobile, j'avais complètement oublié que j'avais ce truc sous le bras !

On est restés là tous les deux quelques secondes, piqués de chaque côté du petit rectangle vert sombre avec son liseré doré, puis Laura s'est approchée, elle s'est baissée, elle l'a ramassé, l'a serré contre elle de ses deux bras, a planté son regard dans le mien et demandé :

— Tu l'as lu ?

— Oui bien sûr, ai-je répondu spontanément.

En un dixième de seconde, je me suis imaginé qu'elle allait l'ouvrir, le feuilleter avec curiosité, se tourner vers moi, s'exclamer : « Oh ! Tu as vu ! Tous ces mots, c'est trop cool ! », m'interroger : « Tu sais à qui il est ? Pas à toi quand même… ». Je me suis senti flatté à l'idée qu'elle pourrait, ne serait-ce qu'un bref instant, penser que c'était le mien.

Le dixième de seconde suivant, je me suis rendu compte que je venais de proférer une énorme bêtise. Car la vérité était aveuglante et incroyable : aussi invraisemblable que cela puisse paraître et contre toute probabilité, cet agenda était celui de Laura.

J'avais devant moi la fille dont je rêvais depuis quatre semaines, que j'avais imaginée si populaire, celle que l'on surnommait affectueusement La Nine, qui faisait preuve de tant de goût dans le choix de ses photos, de ses poèmes…

J'ai rectifié précipitamment :

— Non, non bien sûr, je ne l'ai pas ouvert, je t'assure.

Laura tenait son agenda contre son cœur, comme un objet qui a longtemps partagé votre vie et qui fait presque partie de vous, et elle me regardait d'une drôle de façon. Elle était furieuse, c'était clair.

— Mais comment tu as pu !!! a-t-elle commencé. Voilà des semaines que je le cherche !

J'ai essayé de me défendre :

— Je l'ai trouvé, je ne savais pas à qui il était, promis.

— Ce n'est pas une raison ! Un agenda, c'est personnel, ça ne se lit pas.

J'ai cru qu'elle allait pleurer, sa voix tremblait, ses yeux brillaient – ils sont jolis ses yeux, je n'avais jamais remarqué –, son corps avait l'air contracté, replié sur le carnet que j'avais osé ouvrir. Oh là là !

Qu'est-ce que je devais faire ? Qu'est-ce que je devais dire ? Et pourquoi il n'arrivait pas, l'autre, celui à qui elle avait donné rendez-vous, ça détendrait l'atmosphère ! Et aussitôt je me suis dit que j'avais encore tout faux, il n'y avait sûrement pas d'autre, elle avait donné rendez-vous à… je ne savais pas et je n'avais pas assez d'imagination pour le découvrir.

– Je te déteste ! a-t-elle murmuré. Et les autres aussi. Je vous déteste tous.

Elle m'a tourné le dos et s'est éloignée à pas pressés, la tête baissée, son agenda toujours serré sur son cœur. Au bout de quelques mètres, elle s'est mise à courir et moi je suis resté là, les bras ballants, les pieds glacés.

En rentrant à la maison, je me suis fait un chocolat brûlant puis je me suis planté devant la télé en prétendant que mes devoirs étaient faits. Je n'ai rien compris à ce que je regardais, pourtant ce n'était pas plus compliqué que d'habitude.

Après le dîner, je suis monté directement dans ma chambre. J'ai pris un cahier neuf, un gros à petits carreaux et à la couverture rouge que j'aurais dû garder pour le cours de SVT, et j'ai commencé à écrire. J'aurais pu le faire sur mon agenda…

Pas fou.

L'agenda, c'est pour le collège, quelqu'un pourrait y fourrer son nez et ce que j'ai à dire ne regarde que moi. D'ailleurs, ce cahier, il va falloir que je trouve un endroit sûr pour le ranger. Entre mon sommier et mon matelas ? Oui, pas mal. Et puis, il faut que je commence mes devoirs à présent.

Et Laura, que fait-elle en ce moment ? Demain, on va se voir. Comment cela va-t-il se passer ?

25 MARS

On est demain. Et ça ne s'est pas passé. En tout cas, absolument pas comme je l'avais imaginé. Pour une bonne, une excellente raison : ce matin, à la première heure de cours, la place de Laura était vide. D'abord mon réflexe a été le soulagement. Ouf ! Elle était en retard et cela repoussait d'autant le moment de la confrontation. L'heure entière s'est écoulée sans qu'elle pointe le bout de son nez. Heure suivante : toujours pas de Laura. Et à midi non plus.

N'y tenant plus, j'ai interrogé Benoît :
— Tu as vu, Laura n'est pas venue. Tu sais pourquoi ?

Il a haussé les épaules :
— Ah bon ? Elle n'était pas là ? Pas remarqué. Ça ne change pas grand-chose, hein, qu'elle vienne ou pas.

Il en a de bonnes, lui ! Bien sûr que ça en change, des choses !

J'ai eu la clef du mystère l'après-midi en cours de français avec Mme Janton, notre professeur principal. C'est elle qui nous a appris la nouvelle :
— Vous vous êtes sans doute aperçus de l'absence de Laura, votre camarade de classe. Elle ne reviendra pas au collège. Elle va déménager et fréquentera un autre établissement.

Il y a eu un silence de quelques secondes. Personne dans la classe ne paraissait particulièrement touché... sauf moi, mais les autres ne s'en sont pas rendu compte, enfin j'espère. Déménagé ! Le lendemain de notre entrevue. Était-ce un hasard ? J'avais du mal à le croire. Et s'il y avait une autre raison à son absence ?

Les mots qu'elle avait criés résonnaient à mes oreilles : « Je te déteste ! Je vous déteste tous ! » Nous détestait-elle au point de ne plus vouloir nous revoir ? C'était sans doute un peu tard, mais je me suis dit qu'on n'avait pas été très sympas avec elle, et seulement parce qu'elle était nouvelle, étrangère à notre groupe, à notre ville. Elle non plus n'avait pas fait grand-chose pour s'intégrer, seulement c'était peut-être à nous d'aller vers elle, de faire le premier pas. Trop tard...

Ce soir, la vie n'a pas de sel.

En entrant dans ma chambre après dîner, j'ai tiré machinalement le tiroir de mon bureau, mais l'agenda n'est plus là et ce rendez-vous nocturne quotidien que j'avais fixé me manque terriblement. Il y a comme un vide à l'intérieur de moi.

Heureusement, je me suis souvenu de mon cahier, dissimulé sous mon matelas.

Et voilà...

26 MARS

Et voilà.

Les autres se fichent complètement de Laura. J'ai demandé à Benoît s'il lui avait déjà adressé la parole, il a répondu :

– Mais enfin, qu'est-ce que tu as avec cette fille ? Deux fois en deux jours que tu prononces son nom. Elle est partie, bon débarras !

J'ai interrogé Pauline, Marie, Jordane, Noémie :

— Vous la connaissiez un peu, vous, Laura ?

— Non, absolument pas. Elle ne parlait à personne.

— Je veux dire... Tiens par exemple, vous n'avez jamais rien écrit sur son agenda, comme on fait des fois, pour s'occuper...

Ma question les a fait rigoler.

— Sur son agenda !

— Tu savais qu'elle en avait un, toi ?

— Je ne vois pas qui aurait pu lui écrire quoi que ce soit, ni de cette classe, ni d'une autre ; cette fille, c'était une vraie sauvage !

— D'ailleurs, je crois qu'elle n'en avait pas d'agenda.

— Oui, juste un cahier de textes, c'est naze...

Moi, je sais qu'elle en a un, Laura, d'agenda, et il n'est pas naze du tout. C'est même un vrai mystère : voilà une fille qui, entre le 1er septembre et le 22 mars, n'a adressé la parole à personne et son carnet est bourré de messages de plein d'interlocuteurs. Qui sont-ils ? Où les trouvait-elle ?

27 MARS

Je m'ennuie.

28 MARS

Je voudrais bien savoir.

29 MARS

Je voudrais bien savoir pourquoi Laura est partie.

19 AVRIL

Aujourd'hui, rentrée des vacances de Pâques, j'ai pris une grande décision : je vais retrouver Laura. Demain, à la première occasion, ni une ni deux (c'est Lucie qui utilise cette expression, j'ignore ce qu'elle signifie), je me rends à l'administration et je demande son adresse.

20 AVRIL

Victoire ! Je l'ai ! Et ce n'était vraiment pas compliqué.

Pourtant, l'administration, j'aime pas trop. Ces couloirs beige rosâtre avec les portes fermées et au bout celle du proviseur, brrrrrrrr… Enfin, faut ce qu'il faut et j'ai fait ce qu'il fallait : j'ai inventé une histoire.

J'ai pris mon air bien élevé et j'ai expliqué que Laura m'avait prêté un livre et qu'elle était partie si brusquement que je n'avais pas pu le lui rendre. Si on me communiquait sa nouvelle adresse, cela me permettrait de le lui retourner.

– Pas de problème ! a dit la secrétaire avec un naturel qui m'a surpris. C'est très gentil à toi mon garçon ; attends, je cherche.

Et voilà, cinq minutes plus tard, je savais où était Laura :

18, rue des Aubépines
Perche-en-Valdemar.

En rentrant à la maison, je me suis jeté sur l'atlas des routes de papa. J'ai parcouru l'index, M, N, O, P. Voilà... P, P, P, Perche-en-Valdemar, je l'ai ! En face, des indications en lettres et en chiffres m'indiquaient où j'allais trouver la ville.

À la page correspondante, un point rouge, ni trop gros ni trop petit, marquait l'emplacement de Perche-en-Valdemar. Par rapport à nous, c'était plus au sud. J'ai rapidement additionné les kilomètres figurant sur la carte : cent soixante-dix-huit. Beaucoup trop loin pour que j'y aille à vélo.

Comment je vais faire ?

23 AVRIL

Il n'y a pas cinquante solutions, il n'y en a qu'une : lui écrire.

Voilà.

Pour lui dire quoi ? C'est là que les choses se compliquent. À la télé, dans les feuilletons, ça a vraiment l'air facile : ils sont en permanence en train de s'excuser, de demander pardon, de dire qu'ils sont désolés, qu'ils ne voulaient pas dire ce qu'ils ont dit, qu'ils ne savaient pas... et celui d'en face accueille ces déclarations d'un œil humide, puis tout se termine bien. C'est du cinéma. Et ça m'a l'air nettement plus facile d'écrire le scénario d'un feuilleton télé qu'une lettre à Laura.

Voilà quatre fois que j'essaie. Pas moyen.

Le début déjà, je mets quoi ? « Chère Laura ». C'est ce qui vient naturellement à l'esprit. Quand j'écris à ma marraine, une fois par an à Noël, je commence toujours ainsi : « Chère marraine ». Là au moins, il n'y a pas de questions à se poser. Mais pour Laura, c'est différent. On ne se connaît pas. Alors « Chère Laura », c'est un peu familier, trop intime.

« Laura » ? Hou là là ! Beaucoup trop sec !

« Bonjour Laura » ? Non, ces mots-là, il faudrait les prononcer. Une fois écrits, sans le ton, ils sonnent bizarre.

« Laura, salut » ? Bof…

Bon, il va falloir que je trouve quelque chose.

Laura bonjour, c'est moi, Jérémie…

J'ai écrit ces mots très vite et j'espère qu'elle les lira de même car quand on le fait, ils passent très bien.

Et puis, sans trop réfléchir, j'ai enchaîné. J'ai raconté comment j'avais découvert l'agenda dans la pièce des revues au CDI, que j'avais cherché à qui il était, que je ne savais pas à qui en parler, que les indications mentionnées sur la page d'identité n'étaient pas super claires. Enfin bref, j'ai essayé de lui faire comprendre que ce n'était pas ma faute. J'ai failli ajouter que s'il y avait eu son nom sur la première page, les choses auraient été plus simples, et puis, finalement, j'ai pensé qu'il valait mieux ne pas lui faire de reproches.

J'ai plié vivement la feuille sans la relire et je l'ai glissée dans une enveloppe sur laquelle j'ai reporté l'adresse. Une fois l'enveloppe posée sur la tablette où l'on place le courrier à expédier, je me suis senti mieux.

J'avais fait ce qu'il fallait.

27 AVRIL

Voilà quatre jours que je rentre à la maison en criant :
– Il y a du courrier pour moi ?
Et que la réponse est :
– Non.
Invariablement.
Je devrais pourtant savoir que la Poste ne fait pas de miracles. J'ai écrit ma lettre le 23, elle a été envoyée le 24. Elle a dû arriver le 25 au mieux ou le 26, cent soixante-dix-huit kilomètres, ce n'est quand même pas à l'autre bout de la planète !

Si Laura m'a répondu par retour, j'aurais dû avoir son courrier aujourd'hui... si tout avait bien marché.

Hum. Ça fait deux « si ».

30 AVRIL

J'y crois pas. Toujours rien.

3 MAI

De deux choses l'une : soit ma lettre s'est perdue, soit Laura ne veut pas me répondre.

4 MAI

Quel idiot! Mais alors pire que moi, on aura du mal à trouver : j'ai oublié de mettre mon adresse! Évidemment qu'elle ne peut pas me répondre! Bien sûr, elle pourrait chercher sur Internet, mais elle ne l'a peut-être pas, et puis il ne faut pas trop en demander.

J'ai envoyé une autre lettre :

Laura,
Je viens de m'apercevoir que, dans ma première lettre, j'ai oublié de mettre mon adresse. La voici.
J'espère que tu me répondras et que tu vas bien.
Jérémie

Et voilà le travail!

10 MAI

— Il y a du courrier pour moi?
— Une lettre. Sur la table.

Je n'y croyais plus. J'ai pris l'enveloppe et je suis monté m'enfermer dans ma chambre. Je l'ai tournée avec circonspection entre mes doigts. Je voulais de toutes mes forces qu'elle vienne de Laura. L'écriture sur l'enveloppe me disait que oui, mais bon... On ne peut jamais être sûr de rien. D'ailleurs, qui d'autre aurait pu m'écrire ? Je ne reçois jamais de courrier, sauf au moment des fêtes. J'ai essayé de déchiffrer le cachet de la Poste : illisible. Au dos de l'enveloppe, aucune mention. J'ai retardé autant que possible le moment de décacheter l'enveloppe.

Pourtant, j'avais hâte de connaître son contenu, mais tant que je ne touchais pas à la lettre, je pouvais imaginer n'importe quoi. En fin de compte, il ne resta plus qu'une chose à faire : ouvrir ce courrier.

C'est ce que j'ai fait.

À l'intérieur, il y avait une feuille de papier pliée en deux. Je l'ai dépliée. Elle était d'un joli jaune printanier avec une frise de fleurs dans le bas. J'ai immédiatement reconnu la petite écriture ronde et soignée et l'encre violette, et mon cœur s'est mis à battre plus vite.

Le texte était court :

Jérémie,

J'ai bien reçu ta lettre. Je ne voulais pas te répondre. D'ailleurs, comme je n'avais pas ton adresse, c'était très simple. Quand j'ai reçu ta deuxième lettre, j'ai décidé de t'écrire pour te dire de ne plus m'écrire.

Laura

Bon, ben voilà, c'était clair et net.

11 MAI

Ce soir, au dîner, pour une fois, Lucie a dit quelque chose de drôlement intéressant. Elle a dit (après un long discours que je n'ai pas vraiment écouté, enfin bref, ça avait un rapport avec ce qu'elle venait d'expliquer) : « Quand quelqu'un vous affirme qu'il ne veut pas que vous fassiez quelque chose, en fait, c'est qu'il a très envie que vous le fassiez ».

Cette phrase a fait tilt dans ma tête : si Laura prend la peine de m'écrire pour me dire qu'elle ne veut pas que je lui écrive, c'est qu'elle a envie que je lui écrive. Logique. Sinon, elle n'aurait pas écrit du tout !

Aussitôt dans ma chambre, j'ai repris mon stylo.

Laura,

Tu ne peux pas m'empêcher de t'écrire ! Oui, je sais, j'ai pris ton agenda et je n'aurais pas dû, mais je ne savais pas que c'était le tien. Oui, c'est vrai, je l'ai lu. Au début, je l'ai juste feuilleté, comme ça. Et puis, quand j'ai vu la quantité de mots qu'il y avait, j'ai été... jaloux. Le mien ne lui ressemble pas. Il n'y a pas autant de gens qui m'écrivent, il n'est pas aussi joli, peut-être parce que je suis un garçon. Ton agenda, on a envie de le lire ! Et je ne regrette pas de l'avoir fait.

En revanche, il y a une chose que je regrette, c'est de ne rien y avoir écrit. Alors je répare cet oubli. Tu trouveras dans cette enveloppe un message plié. La partie coloriée en rouge est à coller sur une page de ton carnet. Quand ce sera fait, tu pourras le déplier pour lire ce qu'il y a à l'intérieur.

Jérémie

J'ai pris une feuille et au milieu j'ai écrit :
« Les phrases en violet, c'était toi ? »
J'ai plié la feuille en huit et colorié un des côtés en rouge. Sur le côté opposé, j'ai calligraphié en m'appliquant : « Une question pour Laura ».
Puis j'ai préparé mon envoi.

14 MAI

C'est long, la Poste, c'est long !

17 MAI

J'ai une lettre ! Très courte.

Oui.

Au prix du timbre, ça fait cher le mot...
Et maintenant, je fais quoi ? C'est malin de poser des questions pareilles.

J'ai commencé une nouvelle lettre :

C'est vrai que ta mère est morte ?

Je n'ai rien trouvé à ajouter.
Ça vaut vraiment la peine d'envoyer une lettre juste pour une phrase ?

22 MAI

Réponse de Laura.

C'est vrai.

Trois mots. C'est déjà mieux !

Laura,
C'est toujours moi, Jérémie. Tu sais, on ne savait pas. Pourquoi tu ne nous as rien dit ? On croyait…

Je me suis arrêté. On croyait quoi ?
J'ai envoyé ma lettre comme ça.

26 MAI

Réponse de Laura.

On croyait quoi ? Moi, j'ai appris qu'il ne fallait croire personne.

Et paf ! Je l'ai bien cherché. Je n'ai plus qu'à reprendre mon stylo.

Laura,

Ne dis pas ça. On ne peut pas vivre sans croire à rien. Tu n'as plus ta mère, mais tu as d'autres personnes autour de toi, non ? Ton père ? Des frères et sœurs ? Une famille ? Des amis...

J'aurais voulu ajouter : « Tu m'as, moi », je n'ai pas osé. Je ne suis pas doué pour ce genre de déclaration.

1er JUIN

Réponse de Laura.

Qu'est-ce que tu connais de l'absence ? Une personne peut-elle en remplacer une autre ?
Oui, j'ai mon père. Oui, j'ai un grand frère. Et alors ? J'avais une mère, elle n'est plus là. Tu comprends ce que ça signifie ? Non ? Alors c'est simple, tu vas faire exactement ce que je dis : ferme les yeux...

J'ai fermé les yeux. Idiot. Je ne pouvais plus lire. Il fallait d'abord que j'aille au bout de ses instructions et APRÈS que je ferme les yeux !
Ferme les yeux. Imagine que ta mère n'est plus là, mais vraiment plus là. Pas partie en voyage ou chez le coiffeur, pas divorcée de ton père et vivant avec un autre homme, non, plus là, définitivement, pour le reste de ta vie.

Et toi, tu es vivant...

Tu te lèves : en un dixième de seconde, tu te rappelles qu'elle ne viendra pas s'assurer que tu as pris ton petit-déjeuner avant de partir au collège et soudain, la journée te semble sans intérêt et pourtant, il faut la vivre quand même.

Tu rentres : tu sais que c'est inutile d'attendre qu'elle te dise d'aller faire tes devoirs, cela ne se produira plus jamais et il faut alors patienter pour que les heures s'égrènent, que la nuit arrive, puis un autre matin.

Tu vois un pantalon ou un tee-shirt dans une vitrine, tu te dis : « Tiens est-ce que maman aimerait ? » et aussitôt tu te rappelles : tu n'auras jamais la réponse.

Tu as mal aux dents. C'est pas terrible, mais les dents, va donc savoir pourquoi, tu ne supportes pas, et il n'y a qu'une seule personne qui ait jamais réussi à te rassurer. Et cette personne n'est plus là.

Et ce n'est pas le pire. Le pire, c'est que le temps passe et qu'il est plein de vide, de ce vide qu'elle a laissé, immense, impossible à combler. Je vais grandir et elle ne le saura pas. Il n'y a absolument plus rien que je partagerai avec elle. Si un jour j'ai des enfants, elle ne les connaîtra pas. Pour eux, elle sera une inconnue dont ils regarderont parfois la photo sans réaliser vrai-

ment que cette dame au sourire nostalgique n'est autre que leur grand-mère. Quand j'y pense, j'ai envie de sauter par la fenêtre...

Avant, le soir, quand la maison était silencieuse, je pouvais croire que j'étais seule, mais je savais bien qu'il n'en était rien. Dans chaque pièce, une lampe était allumée et quelqu'un veillait, que j'avais toujours connu près de moi, auprès de qui j'avais grandi, jour après jour, et j'étais tellement persuadée que cela n'aurait pas de fin, ou du moins que cela durerait encore longtemps, très longtemps. Et pourtant tout peut basculer, d'un seul coup.

J'ai eu froid dans le dos. Je me suis souvenu avoir râlé, pesté contre ma mère, mon père, ma sœur, les avoir haïs en certaines occasions, avoir voulu les voir au loin pour mener ma vie sans qu'ils soient sur mon dos en permanence...

C'est dur à avouer et c'est difficile à écrire, mais j'ai même souhaité – de rares fois où j'étais en colère contre eux car ils me refusaient quelque chose – qu'ils soient morts, me disant qu'alors seulement, je serais vraiment libre de vivre ma vie comme je l'entendais.

J'ai compris en lisant la lettre de Laura que si je pouvais avoir ce genre de souhaits, de pensées, c'est justement parce qu'ils étaient là, et que j'étais là, et qu'il était inconcevable qu'il en soit autrement. C'est parce qu'ils étaient vivants à mes côtés que je pouvais imaginer leur mort en toute quiétude.

Mais la mort, la vraie mort, cela signifiait bien autre chose, j'étais en train de le découvrir.

J'ai attrapé une feuille de papier.

Laura,
J'ai fait ce que tu m'as dit, j'ai fermé les yeux...
J'espère que tu habites au rez-de-chaussée. En tout cas, s'il te plaît, ne saute pas par la fenêtre! Écris-moi.
Jérémie

7 JUIN

Réponse de Laura.

Tu es un drôle de garçon et j'habite au troisième étage.

J'ai pris aussitôt une feuille et mon stylo.

Laura!
Ne saute pas! Ou déménage au rez-de-chaussée...
Dis-toi... dis-toi que ça ne plairait pas à ta mère.
Jérémie

14 JUIN

Réponse de Laura.

Jérémie, tu dis n'importe quoi. Ça ne plairait pas à ma mère! Tes yeux, tu ne les as pas fermés assez fort. Ma mère, il n'y a plus rien qui puisse lui plaire ou pas. Elle n'entend plus, elle ne voit plus, elle ne sent plus, elle n'est nulle part, elle n'existe plus. C'est ça la mort. Le reste, ce sont des inventions des vivants.

Je les hais, ces bonnes femmes qui me regardent avec pitié en disant : « Ta maman te voit de là où elle est ; elle ne t'a pas abandonnée ».

Débile... Je sais qu'elle ne m'a pas abandonnée ! C'est pire : elle est morte. Si encore elle était juste partie, me laissant là avec mon père et mon frère, je saurais qu'elle est quelque part, qu'un jour, sûr et certain, nos chemins se croiseront à nouveau. Mais ce n'est pas vrai. Elle ne me voit pas, je suis seule. Au début, j'allais au cimetière, sur la tombe. Je croyais toujours qu'il allait se produire quelque chose, je ne savais pas quoi, un signe. Je restais debout à regarder son nom et les dates gravés sur la pierre, j'arrangeais les fleurs. Il ne se passait rien. Il m'a fallu du temps pour comprendre qu'il ne se passerait jamais rien. Les cimetières, c'est pas pour les morts, c'est pour les vivants, pour les aider. Mais moi, ça ne m'aide pas.

Quand il y a eu ces attentats, à Paris, les gens se sont rendus sur un pont au-dessus de la Seine, chacun a allumé une petite bougie et ils se sont donné la main. Il y avait des dizaines et des dizaines de lumières tremblotantes dans la nuit, qui se reflétaient sur l'eau. Ils ont dit que c'était pour ceux qui étaient morts. Ce n'est pas vrai, c'était pour eux. J'ai essayé moi aussi la petite bougie, ça ne marche pas…

J'avais la gorge sèche. Je n'avais jamais réfléchi à ces choses-là. Quand on n'est pas concerné… Et puis, vue de l'extérieur, la mort a l'air simple : les gens sont malheureux, ils s'habillent en noir, ils vont au cimetière, posent des fleurs sur les tombes, et le temps passe.

À présent, je sais que c'est bien plus terrible, le vide, l'absence pour le reste de votre vie, c'est cela que Laura essaie de m'expliquer et là, un vertige me prend et une drôle de nausée remonte de mon estomac.

J'ai pris une feuille blanche et écrit des mots que je n'aurais jamais imaginé pouvoir tracer :

Copine de moi,
Toi, tu es là.
Je crois que j'ai compris.
Accroche-toi.

Jérémie

22 JUIN

Copain de moi,
Je n'avais jamais tracé ces mots… C'est rigolo, non ? Mon père a des dossiers à récupérer à son ancien bureau le 23 juin. C'est un mercredi, je viens avec lui. On pourrait dire 15 heures sur le banc en face du bassin dans le parc des Alouettes ? Tu n'as pas le temps de me répondre. En tout cas, moi, j'y serai.

Laura

Mercredi ! Mais c'est demain ! Un peu plus, je n'avais pas sa lettre à temps ! Cette fille est complètement folle. Le téléphone, elle ne sait pas que ça existe ? Je ne lui ai pas donné mon numéro. Et le sien ? Je n'ai pas le sien ! En demandant aux renseignements… Non, inutile. Demain, aux Alouettes.

23 JUIN

J'ai revu Laura.

Il faisait un temps superbe, pas du tout comme la dernière fois où je m'étais gelé les pieds dans l'herbe humide derrière mon buisson. Je suis arrivé en avance naturellement, mais comme je ne voulais pas attendre assis sur le banc ou debout devant le bassin, j'ai emprunté l'allée jusqu'au bout du parc, puis j'ai fait demi-tour, je suis reparti dans l'autre sens et, en revenant sur notre lieu de rendez-vous, je l'ai vue qui s'avançait vers moi.

Depuis le mois de mars, ses cheveux avaient un peu poussé et elle les avait relevés en queue de cheval, ce qui lui dégageait le visage. Elle s'est arrêtée devant le banc et a regardé autour d'elle. Elle portait un petit paquet serré contre son cœur entre ses bras.

Quand je me suis approché, elle m'a dévisagé d'un air sérieux, sans sourire, et elle a dit :
– Salut.
J'ai répondu :
– Salut.
On est restés sans bouger, alors j'ai proposé :
– On s'assoit ?
– Si tu veux.

Nous nous sommes assis côte à côte sur le banc peint en vert et nous avons commencé à contempler le bassin de l'autre côté de l'allée.

J'ai cherché désespérément quelque chose à dire pour entamer la conversation.

Rien.

Heureusement, elle s'est tournée vers moi et m'a tendu le paquet.
– Tiens, c'est pour toi.

– Qu'est-ce que c'est ?
– Ouvre, tu verras !

J'ai fébrilement déplié le papier d'emballage, pour découvrir... un épais carnet à la couverture verte ornée d'un liseré doré.

– Mais c'est ton agenda !

Elle a souri.

– Oui. Il est pour toi.
– Pour moi ?

Je l'ai feuilleté doucement, retrouvant avec émotion les multiples écritures qui avaient éclairé les soirées de l'hiver précédent et soudain, j'ai su que je devais te poser la question :

– Laura, je voulais te demander, ces Pauline, Emma, Caroline, Laeti, Flo, Clara, Constance, et Lorenzo, Bruno... Enfin, c'est qui tous ceux-là ?

– C'est moi.

Sur le coup, je n'ai pas compris. J'ai ajouté :

– Ça ne peut pas être des gens du collège, personne ne te connaissait, personne ne te parlait, j'ai fait ma petite enquête après ton départ.

Je me suis arrêté net, réalisant qu'elle avait répondu à ma question.

– Tu veux dire que...
– Je veux dire qu'ils n'existent pas. Emma c'est moi, Caroline c'est moi, Lorenzo aussi...

— Mais comment ?

— C'est très simple, j'étais si seule, je ne connaissais personne, vous étiez tous avec vos copains, vos copines, je n'avais pas envie de... de vous parler. C'était trop compliqué. Alors j'ai inventé, je me suis inventé une foule d'amis, à chacun j'ai donné un nom, pour chacun j'ai inventé une écriture, une façon de parler, et j'ai rempli mon agenda, comme s'ils existaient vraiment. Ils existaient d'ailleurs, dans ma tête.

Je ne parvenais pas à la croire.

— Alors rien n'est vrai ? Tout ce qu'elles disent, tous ces mots rien que pour toi...

— Si, c'est vrai ! Dans ma tête, tout est vrai, tout existe.

— Et La Nine ? Qui est La Nine ? Elle est inventée, elle aussi ? C'est toi ? C'est pas toi ?

— Peut-être... C'est toi qui décides.

J'étais complètement abasourdi. J'ai demandé, en désignant l'agenda :

— Et tu me le donnes ?

Pour la première fois, elle a souri :

— Je n'en ai plus besoin... Copain de moi.

Pour ceux qui veulent tout savoir

Lettre de Lucie à Jérémie

Mon petit Jérémie,

J'espère que tu ne m'en veux pas de t'appeler ainsi, même si tu mesures à présent quinze centimètres de plus que moi, même si nous avons grandi tous les deux et vieilli. Presque quinze années ont passé depuis que nous ne partageons plus la même maison et je voudrais juste que tu saches que tu restes, dans mon cœur, mon petit frère préféré.

Tu le sais, la maison est vendue. Il a fallu la vider des meubles et autres affaires qu'elle contenait ; papa n'a pas voulu s'en occuper, il est dans sa campagne et s'y trouve très bien, toi tu ne voulais pas en entendre parler, moi pas trop non plus, mais il fallait que quelqu'un s'en charge. Alors,

j'ai fait venir les gens d'Emmaüs et je leur ai dit de tout embarquer. Ils ont démonté les meubles, vidé les armoires, je te passe les détails. C'est dans le placard de ta chambre, sur la plus haute étagère, qu'ils ont trouvé la boîte. Je leur avais dit de ne rien laisser et pourtant, je ne sais pas pourquoi, l'un d'eux me l'a apportée et m'a demandé :
– Ça aussi ?
J'ai pris la boîte et j'ai répondu :
– Non, ça je le garde.
Tu vois, les choses se sont faites très simplement, sans réfléchir.
J'ai rangé la boîte dans le coffre de ma voiture et quand je suis repartie, quelques heures plus tard, elle m'a accompagnée. C'est ainsi qu'elle s'est retrouvée posée sur la table du salon dans mon appartement. Il n'y avait plus qu'une chose à faire : l'ouvrir. C'est ce que j'ai fait.
À l'intérieur, il y avait un gros cahier à la couverture rouge, à petits carreaux, comme ceux que tu utilisais pour tes cours de SVT. Il était rempli aux deux tiers. J'ai immédiatement reconnu ton écriture. Il y avait aussi un agenda à la couverture vert sombre ornée d'un liseré doré.
Je me suis demandé ce que j'allais en faire : les flanquer directement à la poubelle ou te les envoyer ?
La curiosité a été la plus forte. J'ai feuilleté l'agenda. Il ressemblait à ceux que nous tenions,

mes copines et moi, adolescentes : bourré de petits mots, de billets, de photos, de commentaires, de réflexions... J'ai commencé à le lire, il était imaginatif, inventif, truffé d'idées, un régal ! J'ai failli oublier que la boîte contenait autre chose !

Après j'ai ouvert le cahier rouge. Au début, j'ai eu du mal à me repérer. Je ne comprenais pas. Je me demandais en quelle année on était ; puis j'ai réalisé qu'il s'agissait de ta classe de cinquième, l'année où maman est morte.

Alors j'ai lu, dans le détail, le cahier rouge, l'agenda et ses messages...

Tout m'a sauté à la figure : la maladie fulgurante de maman, ces dernières quatre semaines que nous avons passées ensemble en croyant avoir l'éternité devant nous. Et encore, l'éternité se limitait aux quelques mois qui nous séparaient du printemps, le sursis accordé par les médecins. Comme tu l'as écrit, ils nous ont menti, ou ils se sont trompés, le sursis n'a duré que quatre semaines. Un matin pluvieux, maman ne s'est pas réveillée, on l'a de nouveau transportée à l'hôpital, elle est morte quatre heures plus tard.

Nous étions là tous les trois, papa, toi et moi, impuissants, à écouter son dernier souffle. Aucun de nous n'y croyait, c'était un peu comme si nous observions nos doubles face à une situation qui nous échappait totalement.

Les moindres détails de ces heures sont gravés à jamais dans ma mémoire et dans la tienne aussi je crois.

Dans les semaines qui ont suivi, avec papa, on a trouvé que tu réagissais bien. Tu as repris sans broncher le chemin du collège. Tu as supporté sans rien dire nos soirées dans la maison vide qui avait perdu son âme, chacun d'entre nous cloîtré dans une pièce.

J'aurais dû me dire que tu étais encore petit, que tu avais besoin de parler, que ce n'était pas bon de te laisser monter t'enfermer dans ta chambre chaque soir après dîner...

Je n'étais pas assez mûre sans doute, trop désespérée aussi. Ce n'est que maintenant que je parviens enfin à me demander comment tu as traversé ces années. Pendant tout ce temps, j'ai été trop occupée par ma propre survie.

Quant à papa, je crois qu'il ne s'est aperçu de rien. De temps en temps, il disait : « Il travaille, il s'accroche, c'est bien. ». Il était désespéré, lui aussi. Trop perdu dans son chagrin. Chacun de nous utilisait toutes ses forces pour se protéger, ce qui fait qu'il ne nous restait plus d'énergie pour nous occuper des deux autres.

Je sais aujourd'hui que tu ne travaillais pas... Ou plutôt si, tu travaillais à te reconstruire un monde vivable, une existence supportable, un petit univers en vase clos pour gérer ce vide énorme, cette absence. Tu n'as jamais parlé de rien ni posé de questions. Très vite, tu as cessé d'aller sur la tombe de maman alors que moi je m'obstinais et que papa s'enfonçait dans le silence.

Dans ces écrits, j'ai retrouvé ton humour, le type de remarques qui nous faisaient tant rire, le soir au dîner, autour de la table familiale, lorsque nous étions encore tous les quatre. Nous adorions t'écouter raconter tes aventures de l'école, puis du collège.

Avec la mort de maman, les rires se sont éteints. Papa et moi n'avons pas su recréer cette intimité, et toi tu n'as sans doute plus osé apporter ton petit brin de gaieté, de fantaisie, ou peut-être – certainement – l'avais-tu perdu et nous ne nous en sommes pas rendu compte.

Cependant, je suis restée assez proche de toi pour savoir que tu n'as jamais eu d'amis qui se prénommaient Benoît, Max ou Matthieu... même avec deux t ! L'année d'avant, en sixième, tu avais déjà eu du mal à t'intégrer. Tu étais allé dans un autre collège que celui de ta bande du CM2 et nous avions bien compris que cela n'avait pas été facile pour toi.

Mais cette année-là, tu as perdu le peu d'amis que tu avais. Tu as cessé de les appeler au télé-

phone, ils ont arrêté de venir à la maison. On s'est dit que tu avais besoin de prendre de la distance et puis, tu n'avais pas l'air d'aller si mal, de nous trois c'est même toi qui semblais t'en sortir le mieux, faisant les courses quand le frigo était vide, allumant la télé quand le silence devenait trop pesant.

Tes amis de cette époque, je ne les ai rencontrés qu'aujourd'hui, en me plongeant dans le cahier rouge, dans l'agenda vert; ce sont ceux que tu t'es choisis, que tu as créés, inventés pour traverser cette période à notre insu.

Je ne sais pas ce qui est vrai, ce qui est faux, ce qui a existé, ce qui est le fruit de ton imagination. Je ne sais pas qui est Laura : une fille en chair et en os qui a su voir ce qui nous a échappé ? Quelqu'un avec qui tu as pu communiquer ? Et qui écrivait ces mots à l'encre violette que j'ai retrouvés aux dates indiquées : était-ce toi ou Laura ?

Ou Laura était-elle un autre toi-même, plus féminin, qui t'a aidé peut-être à dire l'indicible ?

Car ces mots que tu n'as pas prononcés devant nous, ces sentiments que tu ne nous as pas montrés, il fallait bien qu'ils explosent, qu'ils jaillissent, et avec ta carapace de petit dur, ce n'était pas facile. Il fallait une Laura. Qu'elle ait existé ou pas, elle t'a accompagné pour atteindre le mois de juin.

Puis nous nous sommes éparpillés, toi pensionnaire dans un autre collège, papa dans sa campagne, moi à la fac. Nous étions encore plus seuls, chacun de notre côté, c'est peut-être cela dont nous avions besoin : cette séparation qui devait nous permettre de nous tourner vers les autres. Mais cette séparation, venant après le décès de maman, je ne sais pas comment tu l'as vécue. Tu n'as jamais rien dit.

En ce qui me concerne, elle m'a obligée à démarrer ma vie. J'étais étudiante, mes cours me passionnaient, j'avais plein d'amis; plus tard, j'ai rencontré Michel. Mais toi ? On se voyait rarement, de loin en loin, les week-ends, aux vacances parfois... j'ai beaucoup voyagé à cette époque.

J'ai quand même reconstitué quelques éléments qui sont à présent pour moi des morceaux, avec de vastes blancs subsistant comme dans les puzzles trop grands ou trop compliqués. Par exemple, ta soudaine passion pour ces quelques vers de Verlaine que tu récitais sous la douche en croyant que personne ne t'entendait. Alors pourquoi, dans le cahier rouge, avoir prétendu ignorer jusqu'au nom du poète ? Parce que cela collait mieux à l'image virile que tu voulais donner de toi ?

Il y a aussi ce jour où je t'ai surpris en train de consulter mon agenda. Si j'avais pu deviner! J'étais furieuse. Moi aussi j'y ai caché mes petits secrets, mes doutes, mes peurs, l'horreur de cette époque, et pour rien au monde je n'aurais voulu que quelqu'un le sache. Alors je t'ai rabroué, sans chercher à comprendre, préférant avaler cette histoire de devoir à faire.

Et puis une date.
24 mars, le jour où Laura se donne rendez-vous à elle-même dans le parc des Alouettes, c'était le jour anniversaire de la mort de maman; cela faisait pile six mois. Et ce banc en face du bassin! Pendant des années, chaque mercredi de beau temps, elle s'y est assise pour nous regarder jouer au bord de l'eau.

Tu avais trois ans, puis quatre, puis cinq, puis six... Et moi sept, huit, neuf, dix... Tu venais avec des bateaux, des ballons, des billes, moi avec des poupées. Nous étions des enfants très conventionnels! Il y avait toujours un moment où quelque chose tombait à l'eau ou alors tes bateaux étaient entraînés vers la fontaine, au centre du bassin. Maman râlait, pourtant elle faisait l'impossible pour récupérer l'objet et voir un sourire refleurir sur ton visage.

Après, plus grande, je vous rejoignais dans l'après-midi. Tes jeux me paraissaient puérils, mais j'adorais quand maman disait : « Lucie, vas-y, toi, ôte tes chaussures, relève les jambes de ton pantalon, va chercher le bateau (ou le ballon) de ton frère. Si c'est toi, le gardien ne dira rien. ». Elle l'aurait bien fait elle-même, je suis sûre qu'elle aurait adoré, elle n'osait pas.

Jérémie, le 24 mars de cette année-là, étais-tu vraiment seul sur le banc vert ou Laura était-elle avec toi, pour de vrai, pour ce rendez-vous avec ton enfance disparue ?

J'ai été touchée également par cette phrase : « Je me suis dit que si jamais un jour j'avais vraiment besoin de quelqu'un, elle (moi !) serait là. ». Mais tu n'as jamais vraiment eu besoin de moi, en tout cas pas au point de me le dire.

Quand je regarde ces documents étalés sur ma table basse, j'ai le vertige. Toi seul sais ce qui est vrai, ce qui est inventé. J'ai cherché en vain dans mon atlas de la route la ville de Perche-en-Valdemar, elle n'existe pas. J'ai envie de te poser la question que tu as posée à Laura : Jérémie, toutes ces Pauline, Emma, Caroline, Laeti, Flo, Clara, Constance, et Lorenzo, Bruno... était-ce toi aussi ? Sont-ils nés de ton imagination ? Ou de celle de Laura... Laura qui n'existe peut-être pas !

Cela voudrait-il dire que tu as tout élaboré, que tu as emprunté la personnalité d'une foule de personnages, que tu as fabriqué un autre Jérémie à l'écoute d'une camarade de classe trop enfermée dans son malheur pour se tourner vers les autres, comme tu l'étais probablement toi-même ? C'est complètement fou ! Et c'est trop compliqué pour moi...

Ce dont je suis sûre en revanche, c'est de la douleur qui transparaît partout, et particulièrement dans ces rituels que tu as mis en place cette année-là, parlant de toi, de ta vie, de notre vie, comme si rien n'avait changé. J'en suis sûre, parce que cette douleur est identique à la mienne, sauf que moi, je n'ai pas eu ta force.

Beaucoup de temps a passé, mais je sais que nous n'avons rien oublié. Nous avons tous les deux une situation, papa a continué à vivre, ma petite Virginie va bientôt avoir trois ans et je sais que tu l'adores.

Pourtant ce trou béant à nos côtés est toujours là, nous avons juste appris à vivre avec.

Petit frère de moi, si Laura existe, j'espère qu'un jour ou l'autre elle croisera à nouveau ta route, ou qu'une fille qui lui ressemble saura trouver le chemin de ton cœur.

Lucie

Lettre de Laura à Lucie

Madame,

Vous allez sans doute être surprise de recevoir cette lettre, car nous ne nous connaissons pas. Je m'appelle Laura et j'étais en classe de cinquième avec votre frère Jérémie. À cette époque, mes parents déménageaient souvent. Je suis arrivée au collège Albert-Camus en début d'année scolaire ; à la rentrée suivante, pour ma quatrième, votre frère n'était plus là, parti ailleurs sans doute, et moi-même j'ai redéménagé en milieu d'année. Ce qui fait que finalement, je n'ai pas eu le temps de bien connaître Jérémie, surtout que c'était un garçon plutôt réservé qui ne parlait à personne. D'ailleurs, pour tout vous avouer, j'ai dû ressortir la photo de classe de cinquième pour me remémorer son visage.

Si je vous écris aujourd'hui, c'est que j'ai un service à vous demander. Il y a une dizaine de jours, j'ai retrouvé deux copines de cette classe, Noémie et Jordane. C'était amusant, car nous nous étions perdues de vue depuis des années, et pourtant, cinq minutes s'étaient à peine écoulées que nous étions à nouveau complices, échangeant les souvenirs de cette époque, nous rappelant nos fous rires. Il faut dire qu'on s'entendait bien toutes les trois.

Cette année-là, il m'est arrivé quelque chose qui, sur le moment, m'a vraiment secouée : j'ai perdu mon agenda. Il n'aurait servi qu'à marquer devoirs et leçons, cela n'aurait pas été dramatique. Mais c'était un de ces agendas d'adolescente bourrés de messages, d'images, de remarques personnelles... Le genre de choses que l'on n'a pas envie de voir dans n'importe quelles mains. Vous voyez ce que je veux dire, d'ailleurs sans doute en avez-vous eu aussi pendant vos années de collège ou de lycée. J'ai cru avoir oublié le mien au CDI, mais quand j'y suis retournée, il avait disparu. J'ai fouillé partout, rien.

J'ai passé des journées affreuses, imaginant que quelqu'un – un garçon, c'était certain! – allait, un de ces quatre matins, me le brandir sous le nez et clamer mes secrets à qui voulait les entendre. Mais non, il ne s'est rien passé... Et je n'ai jamais revu mon agenda. J'étais tellement dégoûtée qu'à la place, j'ai acheté un bête cahier de textes.

Or, lors de nos retrouvailles, Jordane m'a fait une révélation incroyable :

– Au fait, Laura, je n'ai jamais pensé à te le dire, mais tu sais, ton agenda...

– Mon agenda ?

– Oui, tu te souviens, tu l'avais perdu, ça t'a rendue malade pendant des jours, eh bien figure-toi que je sais qui l'avait pris !

— C'est pas vrai !

— Si. C'est ma sœur qui m'a raconté ça. Elle était en quatrième (on n'a pas beaucoup de différence). Un jour qu'elle travaillait au CDI, elle a voulu aller chercher une revue dont elle avait besoin dans la petite salle au fond. Il n'y avait qu'un élève, un type de notre classe, je ne sais pas si tu vas t'en souvenir, il était un peu bizarre, il ne parlait à personne : Jérémie. Quand ma sœur est entrée, il a pris son classeur précipitamment et quelque chose qui était posé sur une table, un gros carnet avec une couverture verte. Sur le coup, elle n'a pas fait attention. C'est après, bien plus tard, presque à la fin de l'année, je ne sais plus de quoi on parlait avec ma sœur... Ah si, des garçons du collège. Elle a cité le nom de Jérémie, elle le trouvait mignon, figure-toi, un peu jeune pour elle — ben oui, il était en cinquième et elle en quatrième — mais mignon. N'empêche que, quand ils se sont retrouvés seuls dans la salle des revues, elle a failli lui faire des avances. Mais il avait l'air tellement gêné avec son carnet vert, qu'elle n'a pas osé. Carnet vert, ça a fait tilt dans ma tête. Je me suis dit : « C'est l'agenda de Laura ! ».

— Mais tu ne m'en as jamais parlé !

— Tu ne vas pas me croire, j'ai complètement oublié. C'était la fin de l'année, on avait des tas de trucs à faire. Je n'y ai plus pensé...

Si je vous raconte cette histoire en détail, c'est pour une raison précise. J'ai trouvé votre nom et votre adresse dans l'annuaire, vous habitez toujours la même ville et vous n'avez pas changé de nom. En revanche, aucune trace de votre frère; c'est pourquoi je m'adresse à vous et vous demande de lui transmettre cette lettre.

Je travaille dans l'édition et je prépare actuellement un projet de livre qui traite... des agendas d'adolescents. C'est passionnant. J'en ai récolté pas mal, des anciens, des récents, et j'ai tous les miens... sauf celui de la cinquième! J'ai pensé (sans doute un peu naïvement) que si c'est bien Jérémie qui a, à l'époque, trouvé mon agenda vert, il l'avait peut-être encore quelque part, dans un carton, avec ses vieilles affaires de classe. Je sais, il y a peu de chances pour que cela soit possible, il n'est sûrement pas aussi conservateur que moi! Mais je me suis dit que cela ne coûtait rien d'essayer et que si, par bonheur, j'arrivais à remettre la main dessus, d'abord cela me ferait très plaisir de retrouver l'ambiance de cette année-là, et ensuite, cela m'aiderait dans mon travail.

Voilà, c'est une longue lettre pour une demande somme toute très simple... et probablement inutile, mais j'ai toujours eu du mal à faire court!

Un grand merci par avance de transmettre cette missive à votre frère Jérémie, où qu'il se trouve. J'espère vraiment qu'il aura la gentillesse de me répondre, que ce soit oui ou non.
Très cordialement

Laura

Lettre de Lucie à Jérémie

Mon Jérémie,

C'est encore moi.
Cette fois-ci, je n'y comprends vraiment plus rien. Jeudi dernier, je t'ai envoyé un paquet et une lettre que tu as dû recevoir. Aujourd'hui, je reçois celle-ci, que je te fais suivre comme me le demande son expéditrice.
Un jour, il faudra que tu m'expliques.
Je t'embrasse

Lucie

Journal de Jérémie

C'est curieux de constater que dans la vie, il y a d'étranges concours de circonstances. Cette semaine, j'ai reçu deux lettres de Lucie, une lundi, une samedi.

Dans la première, elle parlait de la maison. Ce n'était pas très sympa de la part de papa et moi de la laisser se débrouiller avec ce fardeau, mais ni lui ni moi n'avons eu le courage de nous y coller. Heureusement qu'elle était là ! Et sa lettre...

Oui, je savais que la boîte était restée dans mon placard. J'y pensais parfois, sans trop m'y attarder... Je me disais qu'elle disparaîtrait le moment venu, avec le reste. Et puis non. Qu'est-ce qui a pu pousser ce type à la donner à Lucie, justement celle-ci, et qu'est-ce qui a pris à Lucie de l'accepter ? C'est un mystère. Toujours est-il que la boîte est là à présent, dans un coin de mon bureau, car Lucie me l'a envoyée avec sa lettre.

Eh bien non, chère grande sœur, cette année de cinquième n'a pas été une période facile. Il a fallu que j'en bâtisse des murailles imaginaires pour me protéger du vide que maman avait laissé, pour résister à l'abîme qu'il y avait en moi, à cet isolement dans lequel je m'étais enfermé au collège.

Laura ! Si elle voyait ce que j'ai fait d'elle dans mon cahier rouge ! Elle qui était l'une des filles les plus populaires de la classe, à juste titre d'ailleurs, si gaie, souriante, attentive aux autres, intelligente et mignonne.

Elle ressemblait à la fille de la photo, la jolie brune à la robe noire à pois et aux paupières baissées. Je me suis souvent demandé si c'était elle ou une sœur aînée. Je crois bien qu'en fait, j'étais un peu amoureux de Laura, mais je n'avais pas le temps de m'occuper de ce genre de sentiments.

N'empêche, je crois qu'elle m'a sauvé la vie.

Son agenda, je l'ai pris par hasard. Bien sûr, je savais que c'était le sien ! L'agenda de Laura, tout le monde le connaissait, je devais être l'un des seuls élèves de la classe à ne jamais y avoir rien écrit.

J'avais l'intention de le lui rendre, évidemment. Je n'ai jamais pu.

Au début, parce que je ne savais pas comment faire, il aurait fallu sortir de moi-même, aller vers les autres, les voir, les regarder... impossible. J'avais trop peur qu'ils perçoivent ma douleur et ce vide qui me remplissait en permanence.

Ensuite, quand j'ai commencé à lire l'agenda, j'ai su que je le garderais. C'est cette phrase : « On dit qu'écrire libère. On va bien voir. »

Des mots à écrire, c'était tout ce qui me restait. On allait voir.

Tu as raison, Lucie, ce n'étaient pas les devoirs d'école qui m'occupaient durant les soirées de cette interminable année de cinquième, c'étaient ces murs de mots que j'élevais, jour après jour, avec l'aide de Laura, sans qu'elle le sache. J'ai fait d'elle ce que j'étais, j'ai fait de moi un autre moi-même. Je l'ai transformée en petite sauvage prostrée sur son malheur, et cela m'a permis, en imagination, d'endosser le costume de quelqu'un qui est à l'aise avec les autres. Grâce à elle, je me suis inventé une autre vie, celle d'un garçon bien dans sa peau qui rêve de devenir détective, j'ai mené un double jeu.

Et pourquoi pas ?

Sans trop m'en apercevoir, je me suis mis à réfléchir aux filles, aux garçons, à ce que nous avions le droit ou pas de laisser transparaître, à ce que nous nous autorisions à exprimer de nos sentiments.

Si j'avais été une fille, aurais-je eu besoin d'échafauder tout cela ? Pas sûr, j'aurais peut-être réussi à laisser éclater mon chagrin.

Je ne sais pas si tu te souviens, au Noël de l'année précédente, marraine m'avait offert un cadeau qui m'avait laissé perplexe.

Je m'attendais à recevoir comme d'habitude un jeu pour ma console ou quelque chose de ce genre. À la place, elle m'a tendu un petit paquet en disant : « Tu as grandi, Jérémie ». À l'intérieur, il y avait un étui avec un stylo plume et une boîte de cartouches d'encre violette.

Sur le moment, je me suis demandé ce que j'allais en faire, mais j'étais plutôt content, et en attendant de leur trouver un usage j'ai rangé stylo et cartouches dans mon tiroir.

Je les ai ressortis quand j'ai commencé le cahier rouge. J'avais découvert leur utilité : tenter de découvrir, à coups d'encre violette, si écrire libère.

Depuis, je n'ai jamais cessé. J'ai toujours écrit un journal, plus ou moins régulièrement, selon les événements qui traversaient mon existence, et toujours à l'encre violette.

C'est dans ce journal que je te réponds, Lucie, et je fais signe aussi à l'élève de cinquième, seul dans sa chambre éclairée par la belle lumière jaune, occupé à recomposer son existence, passant du cahier rouge à l'agenda vert.

Atteint de folie ? Oui, sans doute un peu, mais d'une folie qui m'a sauvé.

Pour répondre à tes questions, non, Lucie, ces Pauline, Emma, Caroline, Laeti, Flo, Clara, Constance, et Lorenzo, Bruno... Ils ne sont nés ni de l'imagination de Laura ni de la mienne. Ils sont bel et bien Pauline, Emma, Caroline, Laeti, Flo, Clara, Constance, et Lorenzo, Bruno... tous ceux qui, à un moment ou à un autre, ont laissé leur marque dans l'agenda de Laura, comme j'ai laissé la mienne, à l'encre violette toujours.

À ta question « le 24 mars de cette année-là, étais-tu vraiment seul sur le banc vert ? », je répondrai oui et non.

Oui, j'étais seul comme je l'ai été tout au long de l'année. Planté derrière le buisson, les pieds dans l'herbe humide, l'agenda serré contre moi, j'ai attrapé un bon rhume. Je ne sais pas ce que j'avais imaginé en venant à ce rendez-vous fixé à un autre que moi : que je parviendrais peut-être à sortir de moi-même si Laura venait, si elle m'adressait son joli sourire.

Non, car Laura est venue, et très vite un garçon est arrivé, un type de quatrième A. C'était bien un rendez-vous amoureux qu'elle avait donné, ils ne se sont pas attardés, ils se sont éloignés la main dans la main.

Le banc vert est resté vide.

Le temps a passé et, c'est vrai, nous avons appris à vivre avec ce trou béant à nos côtés, ce qui veut dire qu'il est là à jamais. Nous avons chacun réussi à bâtir quelque chose, cela ne l'empêche pas d'être toujours présent. Et certains jours, il faut encore faire attention de ne pas tomber dedans et se souvenir que la vie est là, droit devant!

Ta deuxième lettre, Lucie, était bien courte! Je conçois que tout cela te paraisse incompréhensible.

Un jour, nous parlerons. Nous devrions y parvenir à présent, non?

Et il y a la lettre de Laura...

Je sais aujourd'hui la chance que j'ai eue de tomber sur son agenda. Dans celui d'une autre fille ou d'un garçon, je n'aurais sans doute jamais trouvé les mots qu'il me fallait à cette époque-là.

Je n'aurais jamais trouvé cette sensibilité qui immédiatement a parlé à la mienne, ni cette richesse, cet émerveillement, cette joie mais aussi ces interrogations face à la vie. Sans le pétillement de cette fille que je côtoyais chaque jour sans oser lui adresser la parole, m'en serais-je aussi bien sorti?

Alors aujourd'hui, que vais-je faire?

✱

Jérémie n'a pas posé son stylo. Il a d'abord pris une enveloppe sur laquelle il a collé un timbre avant d'y écrire le nom et l'adresse de Laura.

Puis il a attrapé une feuille de papier à lettres et tracé à l'encre violette :

Bonjour Laura,

Rendez-vous parc des Alouettes, mercredi 24 mars, 15 heures, sur le banc vert en face du bassin.
À mercredi.

Jérémie

Il a plié la feuille, l'a glissée dans l'enveloppe qu'il a fermée, puis posée en évidence sur son bureau.

La lettre partira demain.

TABLE DES MATIÈRES

Découverte 9
Rencontre 69
Pour ceux qui veulent tout savoir 101

☁ L'AUTEUR

Au collège, nous n'avions pas d'agenda, mais un cahier de textes : un répertoire sur lequel nous écrivions les devoirs à faire et les leçons à apprendre. Pas question d'y noter quoi que ce soit d'autre, ni de laisser qui que ce soit écrire dessus ! Alors j'avais un agenda : un tout petit carnet avec une couverture noire, découpé en semaines et en jours. Chaque soir j'écrivais, une ligne, ou plusieurs, je racontais, c'était secret : une initiale pour un prénom, un nom de code pour les lieux. C'était une expérience intime, solitaire, indispensable.

Mes amies faisaient-elles de même ? Je l'ignore. Mais nous nous écrivions ! Des lettres envoyées par la Poste ou glissées dans la boîte de sa voisine, des billets échangés dans la cour de récréation, autant de messages qui tissaient entre nous un réseau solide.

J'ai arrêté d'écrire sur les petits carnets noirs. Je les ai remplacés par de grands blocs plus épais, sans découpage en semaines ni en jours, juste des pages blanches à remplir : et je les remplis... avec des histoires que j'écris aujourd'hui pour les autres.

Hélène Montardre a publié : *Amies sans frontières*, *Les chevaux n'ont pas d'ombre*, *Un chien contre les loups*, *La nuit du sortilège* (Rageot), *Hilaire, Hilarie et la gare de Saint-Hilaire* (Milan), *Ours en cavale* (Syros jeunesse), *Terminus, grand large* (Pocket jeunesse), *Le fantôme à la main rouge* (Nathan).

☁ L'ILLUSTRATRICE

Diplômée de l'école supérieure d'Arts graphiques de Paris, **Sophie Ledesma** travaille pour la publicité, la presse et l'édition. Elle est aussi designer textile pour une marque de vêtements destinés aux enfants.

Elle aime particulièrement suivre ses personnages et les faire grandir, tout en jouant sur l'harmonie des couleurs.

Retrouvez la collection
Rageot Romans
sur le site www.rageot.fr

Achevé d'imprimer en France en mars 2010
sur les presses de l'imprimerie Maury
Dépôt légal : avril 2010
N° d'édition : 5175 - 07
N° d'impression : 154329